AMOURS

Léonor de Récondo est une violoniste et autrice française. Elle a enregistré de nombreux disques et se produit en France et à l'étranger. Elle commence sa carrière d'écrivain en 2010 avec son roman *La Grâce au cyprès blanc*. Suivront notamment *Rêves oubliés*, *Pietra viva*, *Amours* (Grand Prix RTL-*Lire* 2015 et Prix des libraires 2015), *Point cardinal* (Prix du roman des étudiants France Culture-*Télérama* 2017) et *Manifesto*, ou encore *La Leçon de ténèbres* (prix Ève-Delacroix de l'Académie française 2020), *Revenir à toi*, *Le Grand Feu* et *Marcher dans tes pas*.

Paru au Livre de Poche :

LE GRAND FEU
PIETRA VIVA
REVENIR À TOI
RÊVES OUBLIÉS

LÉONOR DE RÉCONDO

Amours

ROMAN

SABINE WESPIESER ÉDITEUR

ISBN : 978-2-253-24325-0 – 1re publication LGF

Pour ma tutta blu

Notre amour c'est l'amour de la vie, le mépris de la mort.

Paul Éluard

Au fond du cœur in *Donner à voir.*

Anselme jette Céleste sur le matelas, chaque fois le même geste qui la balance sur le ventre, la tête plongée dans l'oreiller, la tignasse à portée de main. Il relève la jupe vite fait. Elle ne résiste pas, ne résiste plus. Il s'agrippe au chignon, serre fort la masse de cheveux. Puis il s'installe, planté entre ses cuisses, et commence. Les pieds du lit de fer grincent. Ni Anselme ni Céleste n'entendent la plainte du lit qui supporte l'amour forcé. C'est laborieux, toujours. C'est long. Elle se demande pourquoi ces instants-là passent si lentement. Pourquoi ne pas s'évanouir pour ne rien ressentir.

Une fois, elle a tenté d'en parler à Huguette dans l'escalier de service. Toute tremblante, elle a bredouillé :

« C'est monsieur de Boisvaillant... »

Ses genoux ont commencé à claquer. Huguette a tout de suite compris. Elle lui a dit de se taire, répétant plusieurs fois :

« Tais-toi, et ne t'avise pas d'en parler à madame ! »

Elle a regardé en silence les genoux qui s'entrechoquaient. Puis elle lui a tourné le dos en ajoutant :

« Garde la tête haute, c'est tout ce que nous pouvons faire, nous autres ! Garder la tête haute pour faire croire qu'on n'a pas honte. »

Céleste a relevé la tête, serré les dents et raidi ses jambes pour que ses genoux arrêtent de claquer si bêtement. Elle a réussi à articuler :

« Bien, Huguette. »

Le ton de sa voix est posé, presque calme. Elle réalise soudain que la solitude, dans laquelle elle est née, l'oblige à toujours acquiescer. Si elle avait eu le choix – mais ce mot n'existe ni dans sa condition, ni dans son vocabulaire –, elle aurait dit : « Non. » Elle l'aurait même hurlé.

Quand Anselme s'acharne à aller et venir en elle, Céleste pense à autre chose. C'est devenu simple à force. Avec une prédilection pour la clairière. Le temps qu'il fasse sa besogne, elle se balade dans la forêt où elle allait jouer enfant avec ses frères et sœurs. La fratrie est si nombreuse qu'elle ne sait pas combien ils sont exactement, elle ne les a jamais comptés. Elle est une parmi eux. Ces balades-là, elle ne les oublie pas, ce sont ses souvenirs les plus précieux. L'insouciance de courir, de respirer l'humus et la résine des pins, de jouer à se cacher, de savourer ces moments avant de rentrer à la ferme sombre où, tout à coup, on se voûte, on se plie jusqu'à en disparaître pour échapper aux cris du père.

Anselme serre un peu plus fort la masse de cheveux, prend plaisir à se faire mal avec les épingles. Les sentir s'enfoncer dans sa paume, en jouir presque – faire durer ce presque le plus longtemps possible. Tirer vers lui le chignon pour qu'elle s'arc-boute. À cet instant, Céleste n'existe plus, elle est juste un corps et il aimerait que ce corps crie, participe un peu, mais rien que du silence. Quand il va jouir, il tire un peu plus fort sur le chignon qui se défait dans ses mains. Il confond, alors, cheveux et crinière, se croyant maître d'une chevauchée sans fin.

Il s'effondre de tout son poids sur sa monture. Céleste ne sent pas les bulbes de ses cheveux s'arracher un à un. Elle est assise dans la clairière de la forêt. Son endroit préféré. Il n'y a rien à y faire, juste attendre que le temps passe. Et c'est ce qu'elle fait.

Sa promenade enchantée s'arrête brutalement quand son corps à lui s'écroule sur le sien. Comme il est lourd ! s'étonne-t-elle chaque fois. Lourd et sans force, lourd et vidé. Alors, elle revient à la réalité de son oreiller qu'elle mord à s'en étouffer, aux grincements du lit de fer qui ont cessé, à cette chambre minuscule sous les toits où elle a soit trop froid, soit trop chaud.

Elle redresse la tête, la garde bien haute comme il se doit. Anselme, déjà debout, rajuste ses habits. Elle ne le regarde pas, jamais. Elle attend qu'il claque la porte pour se recroqueviller et pleurer un peu.

Victoire se réveille doucement. Le matin, lorsque son corps encore engourdi par le sommeil s'étire sous les draps de fil, elle cherche sous son oreiller la petite poche de soie qui enferme délicatement la lavande récoltée l'année précédente. Victoire aime que chaque nouvelle journée débute par une longue inspiration de ce parfum apaisant.

À la lumière qui traverse les volets et les lourds rideaux de taffetas, elle devine qu'il doit être neuf heures. Huguette ne devrait pas tarder à lui servir son petit déjeuner. Elle ferme les yeux et se délecte encore un peu de ce moment qui précède l'agitation du jour. Elle porte la pochette parfumée à ses narines, la respire plusieurs fois, puis la replace prestement sous l'oreiller quand elle entend les pas d'Huguette résonner dans le couloir. Quelques instants plus tard, après les salutations habituelles, le plateau est déposé sur son lit. Le thé est fumant, les tranches de pain grillé sont glissées dans une corbeille en tissu à rabats pour garder, un peu plus longtemps, la chaleur volatile.

Huguette s'affaire dans la chambre, ouvre volets et rideaux, donne quelques nouvelles :

« Monsieur est à son étude. »

La même phrase tous les matins. Où donc pourrait-il être à part à son étude ? pense Victoire.

Cinq ans qu'elle est mariée avec Anselme et, tous les jours – sa pensée insiste sur « tous les jours » –, même le dimanche, il ne peut s'empêcher de descendre au rez-de-chaussée de la maison pour se plonger dans les dossiers d'héritages, de mariages, qui envahissent son bureau. Tous ces contrats qui, selon Victoire, régissent sa vie de manière absurde. « J'y jette juste un petit coup d'œil et je reviens ! » lui rétorque inlassablement Anselme quand elle tente de s'insurger contre la place que prend cette paperasse. Un mur de papier entre lui et les autres.

Elle est tirée de sa rêverie par Huguette, qui poursuit :

« Je me permets de vous rappeler que vous devez vous rendre au déjeuner de bienfaisance de l'hôpital.

— Merci, Huguette, j'avais complètement oublié. »

La journée de Victoire est gâchée en un instant. Au début de son mariage, elle aimait participer aux bonnes œuvres, notamment les visites de l'hôpital. Son mari, perpétuant la tradition des générations précédentes, donnait un chèque généreux en début de chaque année. Ce qui lui valait de chaleureux remerciements, l'estime publique et le privilège pour Victoire de participer aux réunions trimestrielles des épouses des bienfaiteurs. Comme elle s'était sentie fière les premières fois. Elle réfléchissait des jours durant aux tenues qu'elle porterait. Elle singeait devant le miroir les mimiques qu'elle prendrait lorsqu'elle s'adresserait à la femme du directeur de l'établissement. De l'humilité dans les propos, cela allait de soi, mais aussi de l'assurance, car n'était-elle pas madame de Boisvaillant, l'épouse du notaire ? Combien de fois, toute jeune mariée, ne s'était-elle pas répété son nouveau nom, cette nouvelle identité qui l'enchantait ? Elle écrivait sans fin, sur une feuille : *Victoire de Champfleuri, épouse de Boisvaillant.* Comme c'était beau, comme ça sonnait bien, mais comme cela l'ennuyait aujourd'hui.

« Quelle robe dois-je vous préparer, madame ?

— Je ne sais pas, Huguette… »

Victoire souffle sur sa tasse de thé brûlant, en boit quelques gorgées avant d'ajouter :

« Disons la lilas que j'ai mise l'autre jour, mais revenez plus tard pour m'aider…

— Très bien, madame. »

Huguette ouvre la fenêtre en grand. La chaleur de juin entre brutalement. Victoire repousse le plateau alors que sa femme de chambre sort de la pièce. Huguette est plus qu'une femme de chambre. C'est aussi une cuisinière, bonne à tout faire, mieux encore : maîtresse à tout faire.

Quand Victoire s'est mariée, Huguette était déjà au service d'Anselme depuis des années, depuis toujours, puisqu'elle s'occupait de lui lorsqu'il était enfant, et qu'ils vivaient tous dans la grande maison familiale. Elle l'avait suivi en ville lors de ses premières noces. Elle avait mis du temps à s'habituer aux bruits, à l'étroitesse des rues de Saint-Ferreux-sur-Cher, mais comme Anselme leur avait proposé, à elle et à Pierre, de s'installer dans la maison du jardin, elle avait accepté. Comment aurait-elle pu lui refuser, alors qu'elle le connaît depuis sa naissance.

Victoire était entrée dans une maison parfaitement tenue. Au début, elle avait eu du mal à dormir dans le lit conjugal en sachant qu'une autre s'y était allongée, y était même morte, mais cette autre-là n'avait pas laissé d'enfant, et Anselme avait tôt fait de la remplacer. Huguette avait vite compris que Victoire la laisserait tenir les rênes du logis. Elle l'avait donc accueillie à bras ouverts et, malgré le léger dédain qui pointait dans ses propos, elle s'adressait à la nouvelle madame de Boisvaillant avec bienveillance. Chacun restait à sa place, jouant son rôle à la perfection.

Victoire ne boit plus de thé, ne mange pas les tartines soigneusement préparées. Les visites à l'hôpital l'écœurent. Passer entre les lits et sourire, s'apitoyer devant les patientes, demander des nouvelles, avoir l'air intéressé. Ce qu'elle déteste plus que tout ce sont les visites aux jeunes parturientes. Non seulement il faut s'extasier devant la peau flétrie des nourrissons, supporter les cris assourdissants, mais aussi et surtout entendre à n'en plus finir les commentaires des riches épouses concernant leur propre progéniture. Tous bien nés, tous plus vigoureux les uns que les autres, et toujours la même question qui surgit :

« Eh bien, madame de Boisvaillant, qu'attendez-vous pour avoir un enfant ? Tous ces bambins ne vous donnent pas envie ? »

À cette seule pensée, Victoire se cache sous le drap, renversant d'un seul coup le contenu du plateau.

Victoire tire sur la sonnette de toutes ses forces. Quelques instants plus tard, Huguette et Céleste entrent dans la chambre. Victoire s'est levée et, tout en regardant par la fenêtre, se pince nerveusement le lobe de l'oreille.

Céleste ramasse l'assiette et la tasse tombées par terre. Huguette la presse :

« Dépêche-toi, et change les draps ! »

Céleste obéit aux ordres aussi vite qu'elle le peut. Pendant qu'elle s'affaire, Huguette prépare la tenue lilas.

Victoire se tait et continue de se froisser l'oreille. Quelle idiote d'avoir tout renversé ! N'y a-t-il rien que je puisse contrôler ?

Huguette commence à lacer son corset.

Comme le jardin est fleuri, somptueux, comme elle aimerait s'y élancer et se sentir grisée par la caresse du vent sur son visage, sur sa bouche. Victoire interrompt ses pensées pour dire : « Serrez plus fort. Je n'ai rien mangé ce matin et puis, aujourd'hui, j'ai besoin d'être maintenue. »

Elle dit cela d'un ton rêveur, à peine audible, et ne

peut retenir un petit gémissement quand la poigne vigoureuse d'Huguette tire d'un coup sec sur le lien qui la comprime.

« Vous aurez chaud, madame, à l'hôpital. »

Victoire hausse les épaules.

Huguette se dit qu'il y a bien un avantage à être bonne, c'est qu'on n'est pas obligée de porter ces corsets ridicules. Et encore madame a de la chance d'avoir la taille si fine, pense-t-elle. Pour une femme robuste comme moi, il faudrait serrer, serrer encore pour arriver à un résultat convaincant.

Céleste ne pense à rien. Il ne lui arrive que très rarement d'être dans la chambre de Victoire en sa présence. Elle est troublée car, en général, elle n'y entre que pour faire le ménage. Du coin de l'œil, elle observe la manière dont Huguette lace le corset. Elle n'en avait jamais vu auparavant. Elle voit le corps de Victoire s'affiner, se cambrer. Elle trouve cela à la fois étrange et beau.

« Ne rêvasse pas, Céleste ! Dépêche-toi ! »

Huguette la rappelle à l'ordre, elle prend alors les draps dans ses bras et sort précipitamment de la chambre. Victoire n'a même pas remarqué sa présence.

Quelques heures plus tard, Pierre avance la calèche jusqu'au perron de la maison. Victoire est prête, elle descend les marches. Sa silhouette ondule sur la pierre de tuffeau. Pour se protéger du soleil, elle a agrémenté sa tenue d'un grand chapeau de paille orné de fleurs en tissu assorties à sa robe et à son ombrelle. Pierre la salue d'un signe de tête.

L'homme est devenu sourd et muet après qu'un

obus a explosé près de lui à la toute fin de la guerre, en janvier 1871. Personne n'a jamais su ce qui s'était véritablement passé, mais depuis ce jour-là, plus de trente-sept ans auparavant, il n'a plus émis un seul son. Il s'était fiancé à Huguette avant d'être appelé au combat. Quand elle l'avait vu revenir sans voix, Huguette avait hésité. Et quand elle avait compris qu'il n'entendrait plus jamais le son de sa voix, elle avait douté terriblement. Pierre avait fixé Huguette qui le retrouvait mutilé. Si la guerre lui avait ôté l'ouïe et la parole, elle lui avait appris à observer. Il avait vu, dans la cage thoracique de la jeune femme, le cœur s'emballer, ne plus savoir à quel rythme se vouer, puis se calmer. Après l'instant de panique, Huguette avait pensé qu'elle pourrait toujours parler pour deux, et qu'une maison silencieuse serait bien plus agréable à vivre qu'une trop bruyante. Elle n'allait pas le laisser là, tout de même ! Alors elle avait ouvert ses bras et ils s'étaient mariés. Trente-sept ans de bonheur sans faille, sans un bruit, où elle avait peu à peu compris les marmonnements qui lui servaient de paroles. Et quand Pierre se réveillait en sursaut, transpirant toute l'eau de son corps, qu'il s'agrippait à elle, Huguette lui murmurait : « Tu es mon mari et mon enfant, et je t'aime. » Elle savait que, malgré la nuit qui s'était faite en lui, ces mots trouveraient leur chemin, et ils se rendormaient.

Ils travaillaient tous les deux pour la famille Boisvaillant. Pierre y était à la fois jardinier et cocher. Durant la guerre, il avait été affecté au même régiment que le père d'Anselme. Si l'un était revenu sourd et muet, l'autre y était resté. Anselme, âgé alors de quelques mois, n'avait pas eu le temps de connaître son père et s'était attaché au jardinier comme à celui qui avait côtoyé l'homme disparu, lui avait parlé. Et même si Pierre ne pouvait rien lui en raconter, le fait qu'ils aient été proches suffisait à Anselme.

Pierre ouvre la portière. Victoire, après avoir grimpé lestement sur le marchepied, s'installe dans la calèche. Elle aime cet endroit confiné qui sent le cuir et le cheval. Elle aime être balancée par le rythme des bêtes et les aléas du chemin. Sa mauvaise humeur se dissipe durant le trajet. Cette visite à l'hôpital est la dernière avant l'été et leur départ pour la campagne. Elle changera d'air, ça lui fera du bien. Le temps du mois d'août, Anselme oubliera peut-être ses dossiers. Qui sait ?

Il fait de plus en plus chaud dans la calèche. Elle n'avait pas imaginé que le soleil frapperait si fort sur la toile noire du véhicule. Elle se sent, tout à coup, oppressée dans son corset, et peine à respirer. Heureusement, ils arrivent. Pierre l'invite à descendre. Mais, au moment où son pied touche le trottoir, Victoire s'effondre de tout son long, évanouie dans les bras du cocher.

Quand Victoire reprend connaissance, elle est allongée sur un des lits de l'hôpital. Le premier visage qu'elle voit est celui du médecin qui mène les visites habituellement. Pierre, sa casquette à la main, se tient en retrait.

« Madame de Boisvaillant, vous vous êtes évanouie. » Le médecin poursuit : « La chaleur certainement... »

Victoire hoche la tête, regarde autour d'elle, respire l'odeur acide du lieu.

« Je crois qu'il vaut mieux que je rentre. Vous m'excuserez auprès de ces dames... »

Pierre s'approche pour l'aider. Elle s'appuie sur son bras et salue rapidement le docteur. Partir d'ici au plus vite. Elle l'entend de loin lui demander de remercier son mari pour sa bienveillance envers la science et ceux qui se battent, jour et nuit, contre les maladies. La voix se perd dans le dédale des couloirs sonores.

Pendant le trajet du retour, l'esprit de Victoire reste désespérément vide, ni les soubresauts de la calèche, ni le parfum de cuir ne la sortent de sa torpeur. Comme elle se sentait bien évanouie, la pensée ailleurs, si loin d'ici. Où s'était-elle donc évadée ? Cette vacuité lui convient parfaitement. Elle se plaît à croire qu'ainsi elle laisse de la place pour tout un monde. Il lui reste encore à déterminer lequel, mais cela viendra certainement un jour.

Moins de deux heures après son départ, le véhicule s'arrête à l'endroit exact d'où il était parti. Le perron et ses marches, la pierre blanche aux reflets dorés, le toit aux ardoises bien alignées, la parfaite demeure bourgeoise dans laquelle Victoire s'est aussitôt sentie à son aise.

Huguette accourt dans l'entrée :

« Que se passe-t-il, madame ? Vous rentrez plus tôt que prévu !

— Je me suis évanouie à l'hôpital. J'ai préféré revenir.

— Vous avez bien fait ! Je vous prépare une collation.

— Bonne idée, je serai dans la bibliothèque. »

Dans la bibliothèque, Céleste époussette les objets que Victoire a savamment agencés sur le piano à queue. Avec délicatesse, elle soulève et repose chaque bibelot. Absorbée par sa tâche, elle n'entend pas madame s'installer sur l'une des méridiennes, et manque de briser la petite porcelaine qu'elle caressait de son plumeau lorsque Victoire lui dit :

« Bonjour, Céleste. »

La bonne sursaute et balbutie :

« Bonjour, madame. Je m'excuse, je ne vous avais pas entendue entrer... »

Elle range aussitôt ses ustensiles et, après un signe de tête, disparaît de la pièce. Pourquoi Céleste est-elle toujours si terrorisée de me voir ? se demande Victoire. Quoi qu'il en soit, elle semble bien faire son travail et Huguette ne s'en plaint jamais. Il vaut mieux une bonne qui pèche par trop de discrétion que l'inverse.

Huguette pose sur le guéridon une tisanière et quelques fruits.

« Je vous ai préparé de la camomille. Ça soigne tout.

— Merci, Huguette. »

Victoire s'est levée et a pris un livre dans les rayonnages : *Madame Bovary.* C'est le premier livre qu'elle a lu après son mariage. Sa mère lui en avait toujours interdit la lecture, la jugeant trop inconvenante pour une jeune fille. Elle s'était donc empressée de l'acheter à peine mariée, et l'avait dévoré. Même si elle trouvait cette Bovary un peu sotte, elle s'était délectée à suivre sa dépravation. Quand elle en avait entamé la lecture, dans le salon, Anselme l'avait regardée avec des yeux ronds : « Comment peux-tu lire ces balivernes ? » Il avait même ajouté : « Ce livre est un ramassis de merde ! » Elle en rougit encore. Oui, il avait bien dit cela. Victoire feuillette le livre. Pauvre Emma, pense-t-elle. À moi, il ne m'arriverait jamais des choses pareilles. Ma vie a plus de tenue, plus de sens.

Ses yeux flânent d'une page à l'autre et s'arrêtent, médusés, sur ce passage :

Avant qu'elle se mariât, elle avait cru avoir de l'amour ; mais le bonheur qui aurait dû résulter de cet amour n'étant pas venu, il fallait qu'elle se fût trompée, songeait-elle. Et Emma cherchait à savoir ce que l'on entendait au juste dans la vie par les mots de félicité, *de* passion *et d'*ivresse, *qui lui avaient paru si beaux dans les livres.*

Un étrange frisson lui parcourt l'échine. Elle referme aussi sec le livre. Anselme avait raison. D'ailleurs, il entre, alerté par Huguette.

« On vient de me dire que tu t'étais trouvée mal.

— Ce n'est rien, la chaleur sans doute…

— Il faut que tu te reposes, que tu prennes soin de toi ! »

Victoire se demande ce qu'il y a de si harassant dans sa vie qui nécessite du repos. Rien, décidément rien.

« Je retourne à l'étude. J'ai des affaires urgentes. Pourquoi ne pars-tu pas à la campagne plus tôt ? Je t'y rejoindrai.

— Oui, peut-être… »

Sans attendre la réponse de son épouse, Anselme s'en va. Il éprouve de la tendresse pour elle, il la considère comme un objet délicat qu'il faut choyer. Trop fragile pour procréer, semble-t-il. Ce doit être cette malédiction des Boisvaillant. Pourtant, il est né, lui. Son père a réussi à faire un enfant, certes un seul. Non sans peine, après des années de mariage. Il a d'ailleurs toujours connu sa mère flétrie par le veuvage et l'enfantement quasi simultanés.

Dans le vestibule qui le mène à son étude, Anselme croise Céleste, qui baisse aussitôt les yeux. Il ne la salue pas, elle n'existe pas. La bonne ne prend vie que de brefs instants. Tous les trois mois environ, quand une envie irrépressible le pousse à monter quatre à quatre les escaliers jusqu'à la petite chambre, jusqu'au petit lit en fer, pour serrer et tirer le chignon jusqu'à en jouir.

Pendant les semaines qui suivent, Victoire se repose. Huguette s'occupe d'elle avec attention et, lorsqu'elle s'ennuie trop, Pierre l'emmène faire un tour en calèche dans la campagne environnante pour « voir le miracle de l'été s'accomplir », comme elle le dit à son mari lors de leurs dîners, en tête à tête, sur la terrasse.

Puis viennent les préparatifs pour leur départ du mois d'août vers la maison de madame de Boisvaillant mère. Ils pourraient y séjourner aussi le mois de septembre, mais Anselme abrège toujours ses vacances, prétextant une foule d'affaires à traiter, de ces affaires qui n'attendent pas. Il ajoute souvent : « La mort ne prévient jamais, je me dois d'être là dès les premiers instants pour les héritiers. Comprends-tu ? » Personne n'est dupe et, tout en disant que l'été prochain ils resteront plus longtemps, chaque année, le 1er septembre, ils prennent la route, en sens inverse, vers Saint-Ferreux-sur-Cher.

Victoire s'entend bien avec sa belle-mère Henriette. Les premiers temps, l'accueil avait même été extrêmement chaleureux. Elle lui donnait du « ma fille » par-ci, du « ma fille » par-là, et Victoire s'était laissé amadouer par ses intonations câlines. Au fur et à mesure des années, Henriette s'était montrée plus revêche. Il ne faisait aucun doute dans l'esprit de Victoire que cela était lié au fait qu'elle n'avait pas encore réussi à donner d'héritier à Anselme.

Henriette avait même essayé, un jour, d'aborder le sujet avec sa belle-fille : « Ma chère, je vous trouve bien pâle. Est-ce que vous allez bien ? Est-ce que tout fonctionne bien ? » En accentuant lourdement « fonctionne », elle dénudait l'abysse qui s'y cachait. Et Victoire le voyait crûment. Surgissaient devant ses yeux : sa nuit de noces désastreuse, les tentatives désordonnées et abrégées d'Anselme, ce dégoût qui la prenait chaque fois. Comment un enfant pouvait-il naître de cet enchevêtrement immonde ? Bien sûr, le regard de sa belle-mère la faisait culpabiliser terriblement. Elle était persuadée que cette incapacité venait d'elle. La fertilité supposée d'Anselme le mettait totalement hors de cause. Qu'avait-il à choisir des infertiles ? se demandait Henriette, qui avait insisté pour que, son deuil à peine fini, il trouve une nouvelle épouse. Anselme avait donc passé une petite annonce dans *Le Chasseur français* et tout s'était fait très vite. La réponse des parents de Victoire, désespérés à l'idée de trouver un mari pour leurs sept filles, et bien heureux d'avoir une si belle opportunité pour la quatrième d'entre elles. « Tu verras, lui avaient-ils dit, il a une très bonne situation, il est notaire. » Rien sur l'enchevêtrement immonde, pas un mot. Elle s'y ferait, avaient-ils pensé. Elle ne s'y est pas encore faite.

De son côté, Céleste, après avoir rangé la demeure comme si elle allait être abandonnée pour toujours, reprend le chemin de la ferme de ses parents, laissant Huguette et Pierre dans leur maison au fond du jardin, seuls dans la propriété. Elle y retourne tous les étés quand monsieur et madame s'absentent. Pierre l'accompagne jusqu'au village le plus proche de la ferme et, là, son père l'attend avec la charrette du voisin. Ils ont rendez-vous tous les 1er août à midi.

Céleste n'éprouve aucune nostalgie, elle va à la ferme parce qu'elle n'a aucun autre endroit où aller. Ses parents, ses frères et sœurs, personne ne lui manque. Sa mère a passé des années à enfanter sans trop comprendre d'où tous ces enfants sortaient. Quand elle prenait le nouveau-né dans ses bras, elle paraissait incrédule, et cette incrédulité ne la quittait pas. Même quand ils grandissaient, elle semblait s'interroger sur qui ils étaient vraiment. Céleste est convaincue qu'elle n'a jamais remarqué sa présence au milieu de la multitude des autres. Dans la ferme, ça piaillait, ça grandissait, ça s'élevait comme ça pouvait.

Maintenant, il ne reste que les deux derniers, son père et sa mère, le ventre plat, enfin vide. Quand Céleste la retrouve après un an d'absence, elles s'embrassent machinalement. Sa mère lui demande des nouvelles de la ville afin de s'assurer qu'elle ne se trompe pas et que celle qui vient d'entrer est bien Céleste, née… Là, la mère réfléchit intensément, se raccrochant aux saisons, au corps de sa fille, à tout ce qui pourrait lui donner un indice. Est-elle née avant ou après Josette ? Céleste, voyant l'affolement dans le regard de sa mère, lui annonce à chaque visite son âge. Elle le fait aussitôt arrivée :

« Maman, j'ai eu dix-sept ans au printemps.

— Déjà ! Mon Dieu, que le temps passe vite… »

La mère observe cette enfant qui lui revient, elle note un changement à peine perceptible dans la démarche. Et pourtant, sa pensée s'arrête là. Elle qui a porté la vie de si nombreuses fois pourrait percer le mystère, mais elle ne le fait pas.

Céleste ira aux champs aider son père. Elle transpirera, exténuée par le labeur et la chaleur, elle vomira parfois au bord du chemin. Elle ira dans sa clairière s'asseoir sur une souche en se demandant pourquoi elle est si émue à la vue des fougères vert tendre, pourquoi elle se sent à l'affût de la vie, les larmes toujours au bord des yeux. Instants de bonheur fugaces où Céleste, à son insu, entre dans la danse de la nature, lui donnant corps.

Le 1er septembre, ils se retrouvent dans la propriété. Chacun reprend sa place. Anselme à son étude, Victoire à ses pensées, les domestiques à leurs obligations.

Le dimanche, ils se rendent tous à la messe. Quand le temps le permet, ils vont jusqu'à l'église en longeant d'abord les berges du Cher, puis en traversant le pont. Victoire et Anselme, qui ouvrent la marche, se donnent le bras. Derrière eux, Huguette et Pierre, et souvent en retrait : Céleste. Victoire aime ces instants où ils sont réunis. Il lui semble faire acte de générosité en se montrant si proche de ses domestiques, car il s'agit bien de cela : non seulement de l'être, mais de l'afficher. C'est elle qui avait insisté auprès d'Anselme : « Mais voyons, soyons modernes ! Puisque nous vivons sous le même toit, pourquoi ne pas aller tous ensemble à la messe, comme une seule et même famille ? » Il avait finalement accepté.

Le père Roger tient d'une main de fer sa paroisse. L'intransigeance de ses sermons et la haute estime qu'il a de lui-même font qu'il est redouté de tous. Victoire, en s'installant à Saint-Ferreux après son mariage, avait dû dire adieu au père Gabriel, son confesseur depuis l'enfance. C'était certainement là le déchirement le plus violent qu'elle avait subi en s'éloignant de sa famille. Elle vénérait le regard doux et la compassion du prêtre, et puis il était celui qui savait tout. Quand, une fois par mois, elle allait le retrouver à l'ombre du confessionnal, elle s'inventait des péchés pour rester un peu plus longtemps dans ce cocon réconfortant.

Lorsqu'elle avait croisé le regard inquisiteur du père Roger, son sang s'était glacé. Elle savait qu'elle n'inventerait plus rien et qu'elle serait jugée durement. Elle continuait de se confesser, plus par obligation que par désir. Dernièrement, elle avait même parlé de cet enfant qui ne venait pas, et le curé s'était montré étonnamment bienveillant : « Le moment arrivera, soyez sans crainte. Dieu veille sur vous », lui avait-il dit. Et, pour la première fois, Victoire l'avait sincèrement remercié.

De tout ce petit groupe qui longe le Cher, la plus croyante est Céleste. Toute sa foi se porte sur la Vierge. Céleste n'a d'yeux que pour son drapé bleu et, dès qu'elle le peut, elle allume un cierge au pied de la sculpture en plâtre de l'église. Elle caresse du bout des doigts le long manteau virginal qui par endroits se craquelle. Dans le cœur de la jeune fille, il est la quintessence même de l'amour et de la piété. Ces sentiments qui lui donnent la force de ne pas douter. Chaque matin, Céleste commence sa journée par ces mots : *Sainte Marie, mère du monde, protégez-nous, protégez-moi…* Rien de plus, pas une prière apprise, mais ces mots vers celle qui offre aux autres son amour inaltérable. *Sainte Marie, mère du monde, protégez-nous, protégez-moi…* Comme une forteresse imprenable.

Victoire et Anselme s'assoient dans les premiers rangs en saluant les uns et les autres. La grande aventure sociale de la messe commence. Les domestiques restent au fond. Le silence se fait. Ils sont tous attentifs et craintifs. L'orgue dans sa cage de bois résonne, précédant les lectures, précédant le sermon. Aujourd'hui, le père Roger s'en prend au corps. Il attaque ainsi :

« Mes frères, le corps privé de son âme est un cadavre qui erre parmi les vivants. Seule une âme nourrie par votre foi peut sauver ce corps de sa décrépitude fatale, de ses vices, de ses péchés. Ne vous laissez pas emporter par la tentation vile ! Au contraire, chérissez votre âme, abreuvez-la de prières, de pensées nobles » – il trébuche sur le mot qui suit – « et d'amour. »

Victoire frissonne. Le mot « amour » semble si incongru dans cette bouche qu'il est dépouillé de son sens. De quoi parle-t-il exactement ? Elle se promet soudain d'aimer plus Anselme, de s'y contraindre. Elle n'écoute plus le sermon et énumère dans son esprit ses résolutions. Reprendre en mains la maison. Peut-être que tout commence par la maison. Se sentir plus investie. Faire des confitures. Oui, c'est ça. Cet après-midi, elle fera des pots de figue. Pierre en a justement cueilli dans le jardin. Bien tenir son intérieur est le début de tout, comme le dit si bien sa mère. Le cœur de Victoire se serre, car elle sait pertinemment que la seule personne qu'elle pourrait aimer est un enfant. Pourquoi Dieu ne lui accorde-t-il pas cette joie ? Victoire se triture nerveusement le lobe de l'oreille.

Le sermon achevé, ils prient tous en silence.

Sur le chemin du retour, Victoire informe Huguette de son envie de confiture. Cette dernière est habituée aux lubies de sa patronne qui, par moments, se targue d'être une parfaite femme d'intérieur.

Et quand, dans l'après-midi, Anselme entre dans la cuisine où son épouse, parée d'un somptueux tablier brodé, tourne la masse parfumée de la confiture dans la grande marmite de cuivre, il s'exclame :

« Ma chère, comme tu es belle ! »

Il a soudain envie d'elle. L'intensité de ce désir le surprend et, dans un élan de générosité qu'il qualifiera plus tard de folie, il poursuit :

« Nous allons commander à ce fameux peintre de Tours un portrait de toi. Tu es si belle, ma petite femme. »

Victoire en rougit de plaisir.

Le soir même, Anselme se glisse dans le lit conjugal. Le plus souvent, il dort dans son bureau, attenant à la chambre. Il aime être seul, pouvoir feuilleter le journal, fumer sa pipe à toute heure sans avoir de comptes à rendre et, surtout, profiter du silence. Victoire ne peut s'empêcher de caqueter. Il ne se doute pas qu'elle utilise ce babillage pour reculer l'instant de l'enchevêtrement immonde, comme elle l'appelle. Un mur de mots, un mur de son pour se protéger de la copulation. Parfois, elle y parvient. Elle l'abrutit tellement d'absurdités qu'il bat en retraite, et retourne d'un pas désabusé vers son bureau. Ce soir, elle n'y échappera pas, qu'elle parle ou ne parle pas.

Il entre dans la chambre, elle est assise à sa coiffeuse et brosse ses cheveux encore et encore. Gagner du temps. Elle frissonne quand il s'approche pour lui caresser la nuque.

« Que penses-tu de mon idée de tableau ? Tu es si belle. »

Le geste sur son cou se fait insistant.

« Ton idée est excellente ! Mais pourquoi dépenser

tant d'argent alors que nous pourrions faire venir un photographe ? C'est ce qui se fait maintenant. »

Elle brosse, brosse, brosse sans se lasser.

« Une peinture traverse le temps. Ces photographies, on ne sait pas encore comment elles vieilliront. Et puis je veux que mon enfant puisse voir un tableau de sa mère. Un portrait dans toute ta splendeur.

— Quel enfant ?

— Celui qui viendra.

— Et s'il ne vient pas ? »

Le regard de Victoire s'assombrit. Pourquoi lui parle-t-il de cela ? Anselme réalise que la conversation prend une mauvaise tournure et qu'il risque, en la prolongeant, de gâcher son plaisir.

« Tes cheveux sont parfaitement coiffés. Allons nous coucher ! »

Il lui tend la main. En se levant, elle renverse le petit tabouret d'acajou. D'un geste nerveux, elle le ramasse. Il la regarde. Sous sa robe de chambre en soie rose nouée à la taille, une chemise de nuit ornée de dentelles et, en dessous, une petite chose à bretelles dont le nom lui échappe. Il connaît toutes ces épaisseurs. Il faut faire avec. Sa femme ne se dévêt jamais entièrement. Il ne l'a jamais vue nue, ne l'a jamais touchée complètement. Il hausse les épaules. Il ira à l'essentiel comme toujours. L'essentiel se situant entre ses cuisses, qu'elle rechigne à écarter, il lui faut toujours forcer un peu. Et quand, enfin, au milieu des draps, de la soie, des dentelles, des fioritures, de la petite chose sans nom relevée jusqu'au nombril, il arrive à entrer en elle, tout va très vite. Il jouit aussitôt comme pour s'excuser de cette intrusion, pour que le silence dans lequel elle s'est soudain murée s'arrête, pour qu'elle reprenne son babillage si réconfortant.

Ce soir, tout est pareil. Leurs corps froissent le *C* de Champfleuri et le *B* de Boisvaillant entrelacés, patiemment brodés lorsqu'elle confectionnait son trousseau. Un espoir d'amour qui lentement s'est mué en désillusion.

Après l'avoir possédée, Anselme se lève prestement. Il n'aime pas rester là à attendre que le silence s'épuise. Alors, il l'embrasse sur le front et, tout en se dirigeant vers son bureau, lui souhaite une bonne nuit.

« Bon repos, ma chérie. Beaucoup de repos... »

Elle le remercie, arrange d'un tour de main sa chemise de nuit, et s'endort aussitôt.

Le lendemain matin, Anselme se réveille vers cinq heures. Quand il ouvre ses volets, la nuit est encore là. Il s'habille rapidement, il a envie de profiter de l'aube, d'aller marcher. Pourquoi ne pas voir le soleil se lever sur le Cher ? Il adore cette rivière aux reflets changeants. En traversant le jardin, il aperçoit une petite lumière chez Pierre et Huguette. Anselme s'approche et voit Pierre attablé, un verre d'eau-de-vie à la main.

Pierre passe souvent des nuits sans dormir, à courir, désespéré, après le sommeil et à ne récolter que la lumière éblouissante, fracassante de l'obus. Il ne comprend pas pourquoi il n'a pas perdu plutôt la vue. Il se souvient des minutes juste avant la détonation. L'agitation des soldats, leur nervosité, et puis les secondes précédant l'explosion, l'attente qui s'installe, un instinct animal qui les prévient. Ils ne savent pas de quoi.

Quelque chose va se passer. Trop tard pour bouger, trop tard pour se cacher. Alors, se figer et faire le mort.

Pierre a de la chance, il n'a pas été touché, mais, quand il ouvre les yeux après la déflagration, et qu'il comprend que le poids qui écrase sa poitrine n'est pas celui de son propre cadavre mais celui du soldat Dumoulin, il crie. Quand il voit qu'il tient dans sa main des bouts de cervelle, ainsi que des débris de crâne éclaté, Pierre hurle pour se dégager, pour ne plus voir. Il hurle à la mort, une dernière fois.

Depuis, il n'entend rien, ne dit rien. Un silence intérieur s'est fait dans son corps, à l'image du cratère. Et la nuit, quand il n'est pas attablé à boire de l'eau-de-vie, il serre Huguette contre lui en se maudissant d'être encore vivant.

Anselme frappe doucement aux carreaux. Pierre ne réagit pas. « Quel imbécile ! À chaque fois, j'oublie qu'il est sourd ! »

Anselme attend que le regard de Pierre veuille bien se porter vers la fenêtre. Il fait de grands gestes dans l'espoir d'attirer son attention, et les yeux embrumés de Pierre finissent par se tourner vers lui. L'homme se précipite aussitôt vers la porte et laisse entrer Anselme, qui s'installe comme s'il était chez lui. Huguette dort encore. Dans la quiétude de la maison, Pierre prépare un café. Bientôt, ils sont assis tous les deux. L'un avec un verre, l'autre avec une tasse. Si Pierre est sourd et muet, il a parfaitement appris à lire sur les lèvres.

À la première gorgée, Anselme se brûle. À la deuxième, il commence à parler.

« J'aurais aimé discuter de mon père. Tu es le seul à pouvoir répondre à mes questions… Est-ce qu'il parlait de moi ? »

Pierre hoche la tête.

« Vraiment ? Très souvent ? »

Pierre, malgré l'hébétude que lui procure l'alcool, hoche la tête avec toute la conviction dont il est capable.

« C'est bien, c'est bien que je sache ça. Parce que, tu vois, j'ai retrouvé une lettre… »

Et, d'un seul coup, une vague de sanglots dévale la gorge d'Anselme. Pierre le devine à la crispation soudaine de ses lèvres. Par discrétion, il baisse les yeux et boit une gorgée d'eau-de-vie.

Anselme poursuit :

« Une lettre que j'ai trouvée, cet été, glissée dans un des livres de la bibliothèque de ma mère. Quelle imprudence elle a eu de ne pas la brûler… Merde ! »

Il cogne la table avec son poing. Le café se renverse, mais aucun des deux hommes ne se lève pour l'éponger. Anselme se ressert et se brûle à nouveau :

« Merde, c'est chaud… »

Pierre lui tend son verre. Anselme en boit une rasade.

« Ça brûle, ça aussi… »

Il attend que le liquide ait parcouru son œsophage pour continuer :

« Rien n'était vraiment dit dans la lettre, mais il y a quelque chose qui m'a fait douter. Un pressentiment. Tu vois, ce qui est fou, c'est que je passe mes journées le nez dans la vie des autres, dans leurs secrets, parfois dans ce qu'ils ont de plus laid. Avec le temps, j'ai pris du recul. Et puis, quand ça m'arrive à moi, je le reçois de plein fouet. C'est une lettre de mon père adressée à ma mère, une lettre du front, peut-être pas très différente des autres. Il donne des nouvelles et puis demande comment ça se passe à la maison… »

Les lèvres d'Anselme ne bougent plus. Il se revoit tenant la lettre entre ses mains, il revit le bouleversement dans lequel elle l'a jeté.

« Comment te dire, Pierre, pour être le plus juste possible ? Il écrivait quelque chose comme : Nous avons pris la bonne décision. Maintenant que le petit est né, je suis tranquille. Quoi qu'il m'arrive, tu n'es plus seule et ça me donne un grand réconfort. »

Anselme fixe Pierre :

« C'était quoi, cette décision ? »

Anselme prend le verre de Pierre et le finit d'un trait. Il s'exclame tout à coup :

« Si Victoire nous voyait ! »

Et il rit, et Pierre aussi à sa manière, avec un haussement saccadé d'épaules et un grognement animal. Anselme ne dit pas tout ce qu'il a lu, il n'y arrive pas. C'est trop tôt. Il sait aussi qu'on peut s'aveugler à trop remuer la poussière, alors il la laisse retomber.

Il se lève :

« Allez, je te laisse tranquille. Faudrait qu'on aille à la chasse tous les deux, un de ces jours. Il y a de beaux canards en ce moment. Huguette n'aura plus qu'à les plumer ! »

Ils se serrent la main, et Anselme rentre à la maison, abandonnant son projet de promenade. Il s'installe dans l'obscurité de la bibliothèque en attendant qu'Huguette apparaisse et lui prépare son petit déjeuner.

C'est à peu près à cet instant-là que Céleste ouvre les yeux. *Sainte Marie, mère du monde, protégez-nous, protégez-moi…* Elle reste encore un peu sous sa couverture. Elle touche son ventre, il est enflé. Elle ne se sent pas comme avant. Elle se demande si elle n'a pas attrapé une maladie. Elle n'a pas eu ses menstruations depuis longtemps. Ça doit être lié à cette maladie. Heureusement, ça ne la gêne pas pour travailler. Elle a compris en entrant dans cette maison qu'il fallait être discrète et faire ce qu'on lui demandait. Ne prendre surtout aucune initiative. C'est Huguette qui commande. Ce qui la rend le plus fière, c'est que personne ne se soit plaint d'elle. Parfois, elle récolte même quelques compliments. Elle est entrée dans une bonne maison. C'est la Vierge qui la protège. Elle le sait. Depuis toujours, elle lui parle et, depuis toujours, elle a de la chance.

Quand elle descend, Huguette est déjà dans la cuisine.

« Monsieur s'est levé tôt. Il est dans la bibliothèque. Dépêchons-nous de lui apporter son petit déjeuner. On va manquer de bois pour la cuisinière. Va en chercher, s'il te plaît !

— Tout de suite.

— Et prends quelques œufs aussi.

— Très bien. »

Céleste se presse. Quand elle revient, Huguette a déjà tout préparé. Elle porte sur un plateau le pain, le café, le beurre. Elle a pris soin de mettre dans une petite coupelle de la confiture de figue.

Le petit déjeuner servi, les deux bonnes s'installent sur la grosse table en bois de la cuisine pour boire un bol de bouillon chaud dans lequel elles émiettent du pain de la veille.

Les jours passent, les semaines aussi, et la vie se fait une place dans le ventre de Céleste. L'enfant joue des coudes, s'étire. *Sainte Marie, mère du monde, protégez-nous, protégez-moi…* Un matin, Céleste touche son ventre, elle ne peut plus éviter cette vérité qui grandit. Elle murmure :

« Protégez-moi, protégez-nous… »

Alors qu'elle n'y avait jamais pensé auparavant, elle est obnubilée par son corps. Ce corps qui lui a joué un mauvais tour sans qu'elle s'en aperçoive. Elle s'accroupit dans sa chambre, touche son ventre encore et encore, ferme les yeux.

Elle voudrait être dans sa clairière, y creuser un trou et déposer le petit bout de vie délicatement, le recouvrir de terre pour qu'il soit au chaud. C'est là qu'il serait le mieux. Elle se coucherait, ensuite, sur le monticule. *Sainte Marie, mère du monde, protégez-nous, protégez-moi…* Et ils dormiraient longtemps tous les deux, là pour toujours.

Elle pressent les conséquences désastreuses de sa grossesse. Des bribes d'histoires de bonnes enceintes et congédiées lui reviennent en mémoire. Elle s'effondre sur le plancher de sa chambre. Elle n'a jamais pleuré de la sorte. Elle s'engouffre dans un chagrin infini. Sa robe, son tablier cachent encore la vérité qui grossit, mais pour combien de temps ?

Huguette doit s'impatienter dans la cuisine. Il faut descendre, mais elle n'y arrive pas. Elle pleure, pleure toujours. Elle a envie de courir vers sa mère, de se blottir contre elle, de lui demander : « Comment as-tu fait ? » Elle se met à genoux, prie de toutes ses forces, envoie vers la Vierge tous les mots qui lui viennent et d'autres plus fous encore. Ses doigts s'entrecroisent si fort que ses phalanges en blanchissent.

Finalement, Céleste se lève, ajuste sa tenue et descend dans la cuisine. Huguette est déjà là. Alors qu'elle s'apprête à la réprimander pour son retard, elle scrute le visage défait de Céleste.

« Qu'est-ce qu'il y a ? »

Huguette la dévisage sans comprendre.

« Tu es malade ? »

Céleste ne répond rien, elle hésite. Et si elle lui disait ? Huguette trouve toujours des solutions. Elle doit savoir quoi faire dans un cas comme ça. Mais Huguette n'a pas eu d'enfant, peut-être qu'elle ne sait pas…

« Oui, je crois que je suis malade, je ne me sens pas bien.

— Tu es sûre qu'il ne s'agit pas d'autre chose ? »

Qu'entend-elle par « autre chose » ? Céleste soudain s'affole. Elle trouvera une solution toute seule. Ne pas prendre le risque de perdre son travail, sa maison. Ne pas prendre le risque d'être humiliée, d'être renvoyée là-bas, à la ferme. Surtout pas.

« Je crois que j'ai attrapé froid, et puis j'ai très mal dormi. »

Céleste sourit et poursuit :

« Dites-moi ce que je dois faire.

— Tant mieux ! Tu me rassures, parce qu'aujourd'hui monsieur et madame reçoivent. »

Céleste, ce jour-là, travaille sans relâche. Le ménage, l'argenterie, tout y passe. Elle fait tout cela dans un état second, tandis que son esprit cherche une solution. *Sainte Marie, mère du monde, aidez-moi...* Elle va trouver. C'est en astiquant la douzième petite cuillère, la dernière, que l'idée lui vient. Une idée de génie, pense-t-elle.

La solution était là, sous ses yeux. Plus tôt, à l'étage, elle l'a vu dans la chambre de madame : le corset. Elle n'a pas oublié comme la taille s'affinait. Il lui suffira de serrer de plus en plus fort. Madame doit en avoir plusieurs. Elle ira voir dans la garde-robe. Céleste jubile. Cacher sa grossesse jusqu'au bout. Pour l'accouchement, elle verra. Chaque chose en son temps. Et la chance lui sourit, Huguette la prévient que madame sort faire des courses en ville.

« Je vais en profiter pour faire les poussières dans sa chambre. Qu'en pensez-vous, Huguette ?

— Bonne idée ! »

Céleste se retient de ne pas courir jusqu'à la chambre. Elle marche, comme à son habitude, sur la pointe des pieds avec, à la main, son plumeau et ses chiffons. Quand elle referme la porte derrière elle, son cœur se met à battre très fort.

Elle ouvre la garde-robe. Elle ne l'a jamais fait

auparavant. C'est Huguette qui s'occupe des habits de madame. Il y a des boîtes, des chapeaux, des manteaux, des robes et, derrière, les corsets. Ils sont là. Elle prend celui qui se trouve en dessous des autres. Victoire ne doit plus l'utiliser.

Céleste, tout à coup, perd la raison. Elle veut l'essayer ici, maintenant. Elle se déshabille, prend le corset, enrage quand elle comprend qu'il se lace dans le dos. Ce sera compliqué tous les matins de le mettre, mais elle le fera, elle n'a pas le choix. Dans sa frénésie, elle n'entend pas la poignée de la porte qui tourne. Madame a oublié quelque chose et revient sur ses pas.

En entrant, Victoire pousse un cri. Ce n'est pas parce que Céleste est nue dans sa chambre, entourée de boîtes et d'habits, mais parce qu'elle a vu le ventre. Le ventre et le corset.

Victoire referme la porte derrière elle et s'adosse au battant. Les deux femmes, pétrifiées, se regardent.

Quelqu'un s'approche dans le couloir, bientôt Huguette toque :

« Tout va bien, madame ?

— Oui, je me suis tordu la cheville, mais ça va. »

Huguette insiste :

« Puis-je vous aider ? »

Victoire lui répond d'un ton sec :

« Non, laissez-moi, merci. »

Huguette hésite, puis repart d'un pas traînant.

Les deux femmes continuent de se regarder. Victoire a repris ses esprits. Céleste s'est accroupie, tentant d'un geste gauche de cacher sa nudité avec le corset.

Victoire est maintenant très calme.

« Rhabillez-vous ! Je ne dirai rien. En tout cas, pas pour l'instant. Déguerpissez et ne vous avisez plus jamais de fouiller dans mes affaires ! »

Céleste se confond en excuses :

« Pardonnez-moi, madame, pardonnez-moi. Ne me chassez pas ! »

Des sanglots l'étranglent. Elle enlève le corset, cherche ses habits, trébuche.

Victoire est médusée par le corps de Céleste. Elle n'a jamais vu de femme nue auparavant. Sa mère, jusqu'à son mariage, lui avait interdit d'avoir une glace. Elle n'avait, pour sa toilette, que l'usage d'un petit miroir accroché au mur, certes doré et de jolie facture, mais qui ne reflétait d'elle que son visage. Adolescente, elle remarquait bien que son corps changeait. Elle montait alors sur une chaise pour voir ses seins qui enflaient.

Pendant très longtemps, elle n'avait eu qu'une image fragmentée d'elle-même, une mosaïque avec en bruit de fond la rengaine maternelle qui lui disait que le corps était sans importance, et que l'on n'en faisait bon usage que lorsqu'on était enceinte. Mis à part cette mosaïque maladroitement assemblée dans son esprit, elle n'avait jamais vu personne d'autre nu. Sa mère jamais, les bonnes non plus. Ce n'est qu'après son mariage, et lorsque enfin elle avait pu exiger un miroir en pied dans sa chambre, qu'elle s'était vue en entier. Avec pudeur, elle avait d'abord écarté les pans de sa robe de chambre en soie rose, puis, dans un élan soudain, elle avait tout enlevé.

Ce qu'elle avait découvert ne ressemblait en rien à ce qu'elle avait imaginé. Elle s'était trouvée maigrichonne, avec sa taille si fine et son bassin étroit. Elle comprenait brusquement pourquoi elle avait tant de mal à s'imposer dans le monde. Un corps comme celui-là ne le permettait pas, il ne prenait pas assez de place. Mais elle avait surtout été choquée par ses poils pubiens. Elle ne les avait jamais observés que d'un point de vue plongeant. La vue de ce triangle pileux entre ses cuisses blanches la dégoûtait. Pourquoi tous ces poils ? Ils frisaient et étaient d'une couleur à peine plus foncée que ses cheveux. Dieu, que c'était laid ! Elle s'était alors rhabillée à toute vitesse. Depuis, elle n'avait utilisé son miroir que pour vérifier ses tenues.

Aujourd'hui, c'est un autre corps de femme qu'elle découvre. Elle le trouve plus beau que le sien. Céleste est bien charpentée, robuste, comme le sont les filles de la campagne. Épaules et hanches larges, chevilles épaisses, seins lourds. Mais ce qui aimante son regard, c'est le ventre bombé de la bonne. Elle a tout de suite compris l'état de Céleste. Elle se demande si toute sa beauté ne vient pas de là, de cet épanouissement, de cette générosité qu'elle ne connaîtra pas. Victoire en est presque sûre à présent, elle ne tombera jamais enceinte. À voir l'autre se dépêtrer du corset, ramper pour attraper ses vêtements, se cacher tant bien que mal et pourtant rester belle, resplendissante, Victoire devine qu'elle ne sera pas de celles-là.

Céleste s'est rhabillée, a rangé le corset. Elle a les bras ballants, les yeux baissés.

« Depuis combien de temps êtes-vous enceinte ? Et de qui ? »

La bonne est incapable de répondre à ces questions. Elle tombe à genoux et se met à pleurer à chaudes larmes. Victoire la regarde froidement et ajoute :

« Allez, partez ! Je vous tiendrai informée de ce que nous ferons. »

Elle ouvre la porte et laisse passer Céleste, qui s'enfuit en courant.

Victoire est seule dans la chambre, elle a complètement oublié les courses qu'elle devait faire en ville. D'un geste sûr, elle défait sa capeline, enlève son manteau, se déchausse, dégrafe sa robe, ses jupons, délace son corset, ôte ses bas et son je-ne-sais-quoi. Tout cela lui prend du temps, mais elle est maintenant nue. Elle est nue et se regarde dans le miroir. Elle observe son corps vide. Elle n'est pas surprise comme la première fois, elle ne découvre rien de nouveau. L'image lui confirme crûment ce qu'elle avait vu auparavant : un corps chétif, des seins inutiles, des hanches trop étroites, et ce sexe broussailleux dans lequel vient se planter Anselme. Ce sexe qui ne lui procure ni vie, ni plaisir.

Céleste court dans le jardin, se cache dans le labyrinthe de buis. Personne ne la trouvera là. Les arbustes sont à hauteur d'homme, ils ne la verront pas, ne l'entendront pas pleurer. Elle s'allonge à l'ombre des petites feuilles, face contre la terre sèche. *Sainte Marie, mère du monde, laissez-moi creuser, m'enfouir là*... Et elle pleure tout son soûl, s'abandonnant soudain au chagrin qui l'envahit. Elle touche son ventre à travers son tablier, froisse le tissu. Elle se sent pleine d'un corps étranger dont elle ne veut pas. Sa peau, ses membres à elle, toute son enveloppe, tout ce qui fait qu'elle est en vie, et à quoi elle n'avait jamais pensé, prend une dimension nouvelle, inconnue, qui la plonge tout à coup dans un désarroi total. Elle n'avait jamais eu la sensation de véritablement exister et, soudain, elle est deux fois trop. Ce corps étranger qui croît en elle, aussi petit soit-il, semble avoir le pouvoir de tout fracasser, de lui donner envie de mourir là, maintenant.

C'est Pierre qui la trouve, qui la secoue doucement. Elle ouvre les yeux et voit le visage de l'homme. Elle sursaute, se lève d'un bond, bredouille quelques excuses et, tout en courant vers la maison, sèche ses larmes du revers de sa manche.

Huguette l'accueille, exaspérée :

« Où étais-tu ? Ça fait une heure que je te cherche ! Je te rappelle qu'on a un dîner à préparer ! »

Elle est trop affairée pour remarquer l'émotion de Céleste.

« Je m'excuse, je m'excuse…, lui répond la jeune femme en se mordant l'intérieur des joues pour ne pas fondre en larmes.

— Va mettre la table ! Ils arrivent dans deux heures.

— J'y vais. »

Les deux bonnes sont très occupées. Les invités sont ceux habituels : Joseph et Odette Vanel, que madame tient toujours à recevoir avec cérémonie. Joseph est un ami d'enfance d'Anselme – ils sont allés à l'école ensemble. Il a fini ses études de droit à la capitale, puis est venu ouvrir son cabinet d'avocat à Tours. Il est respecté dans toute la région. Son obstination et son sens de la repartie lui ont valu de beaux succès. L'emprunt russe, s'ajoutant à ses affaires florissantes, a fait de lui l'homme le plus riche de la contrée, et il ne s'en cache pas. Anselme, élevé dans l'apologie de ses aïeux bourgeois, avait longtemps dédaigné le petit Joseph Vanel. « Sa famille ne vaut rien », lui martelait Henriette de Boisvaillant, qui tolérait parfois la présence de l'enfant dans sa maison cossue. Mais Joseph avait l'ambition chevillée au corps et une volonté farouche qui, adolescent, lorsqu'il comprit le mépris que lui vouaient les Boisvaillant, le poussaient à dire : « Je lui ferai cracher ses dents, à la vieille carne, quand je serai plus riche qu'elle ! » Et cela n'avait pas tardé. Anselme avait regardé l'ascension de son ami avec envie et, même s'il le considérait comme un nouveau riche, l'admirait secrètement. Malgré leurs différences tacites, ils avaient su rester amis.

Joseph s'était marié à Paris avec une jeune femme rencontrée au Café de la Paix. Une petite cocotte, comme il se plaisait à l'appeler. Elle était belle, fine, intelligente. Ses manières étaient certes fantasques, mais elle s'était parfaitement adaptée aux attentes de Joseph, qui désirait une femme pouvant aussi bien dîner à la table d'un paysan qu'à celle d'un ambassadeur.

Victoire s'habille avec soin pour le dîner. Odette l'impressionne tant avec ses tenues extravagantes qu'elle se sent toujours comme un chaperon mal fagoté qui marcherait à côté d'une fiancée éblouissante. Pourtant, c'est moi qui suis la plus jeune, la plus fraîche, pense-t-elle. Mais rien n'y fait. Et l'image de Céleste nue l'émeut encore. Elle est entourée de femmes plus belles qu'elle. Elle reste songeuse quelques instants. La vacuité dans laquelle elle déambule depuis toujours semble soudain si vaste qu'elle en perd l'équilibre. Elle se retient au cadre de son lit et parvient ainsi à repousser les questions fondamentales qui trouvaient un chemin jusqu'à son esprit.

Mais il faut se préparer. Ils vont bientôt arriver. Elle choisit une robe de satin ocre, toute brodée de roses, aux liserés clairs, dont la taille corsetée est soulignée par des rubans de velours. Les manches bouffantes découvrent ses avant-bras, alors que son décolleté est joliment caché par de fines dentelles. Elle glisse ensuite, dans ses cheveux relevés, plusieurs épingles ornées de perles. Sur son visage, un peu de poudre, rien d'autre.

« L'élégance naturelle », se dit-elle en jetant un dernier coup d'œil au miroir en pied qui, ce jour-là, lui aura donné à voir des images troublantes.

Depuis sa chambre, Victoire entend la Serpollet à vapeur passer la grille du jardin, s'avancer, puis freiner devant le perron. Elle descend dans l'entrée. Anselme est déjà là qui embrasse Odette. Huguette se charge des manteaux et des chapeaux.

Victoire, d'un pas léger, s'approche :

« Quel plaisir de vous revoir ! Odette, quelle mode nous rapportez-vous de la capitale ?

— Ma chère Victoire, je vous annonce solennellement que je ne m'appelle plus Odette. J'ai toujours eu en horreur ce prénom. Appelez-moi dorénavant : Sarah ! »

Elle dit cela d'un ton théâtral, puis part d'un grand éclat de rire. Joseph sourit :

« Pour moi, ça ne change rien, tu seras toujours ma petite cocotte ! »

Victoire la regarde, médusée :

« Pourquoi Sarah ?

— Figurez-vous que nous sommes allés à Paris. C'est d'ailleurs là que j'ai trouvé le modèle de cette robe ! Magnifique, non ? Poiret. Ma petite couturière de Tours s'en est inspirée… »

Elle tourne sur elle-même avant de poursuivre :

« Bref, nous étions à Paris où nous sommes allés voir la pièce de Carré et Bilhaud, *La Courtisane de Corinthe*, avec la grande, l'immense Sarah Bernhardt… »

Elle fait une pause puis, regardant Victoire droit dans les yeux, continue :

« Ma chérie, il faut que je vous y emmène. En la voyant sur scène, je me suis vue. C'était incroyable. Elle exprimait ce que j'ai au plus profond de moi-même. C'était une expérience complètement folle, comme un dédoublement… »

Joseph l'interrompt en plaisantant :

« Et toutes les tables se sont mises à tourner !

— Ne te moque pas ! Tu as bien vu comme j'étais bouleversée ! Depuis cette soirée, je m'appelle Sarah, un point c'est tout. Odette est passée à la trappe ! »

Alors que les hommes se dirigent vers le salon, les femmes restent dans l'entrée. Victoire admire la robe de son amie :

« Mais, dites-moi, votre corset est passé à la trappe lui aussi ?

— Oui, j'en avais marre d'être asphyxiée. Je veux être libre, et mon corps aussi ! »

La robe verte de Sarah est simplement nouée par un ruban sous la poitrine, rappelant la mode Empire. Délestée de la cambrure exagérée du corset, sa silhouette est longiligne, légère et souple. Sarah ajoute :

« Depuis que je sais que ce Poiret fait les costumes de scène de Sarah Bernhardt, je ne m'habille plus que comme ça. »

Elles rejoignent leurs maris. Victoire remarque que

la nouvelle robe de son amie lui libère certes la taille, mais qu'elle l'empêche de marcher. Sa coupe étroite jusqu'aux chevilles lui impose de tout petits pas.

Le repas est à la hauteur des espérances de Victoire. Pour ce qui est de la cuisine, Huguette ne la déçoit jamais. Elle sait reproduire, chaque fois, ses recettes à l'identique. Et si elles manquent de variété, elles ont le mérite de ne jamais surprendre. La blanquette est un équilibre parfait entre onctuosité et tendreté.

Victoire sourit. Le vin aidant, elle se sent heureuse de participer à ce dîner, d'en avoir été l'instigatrice, de pouvoir converser avec ses amis, de parler de culture, de loisirs, de tout ce qui fait le charme d'une vie. Et même si elle est le plus souvent spectatrice de ces discussions, son plaisir n'en est pas entamé.

Anselme semble, lui aussi, parfaitement à l'aise. Avec Joseph, ils peuvent tout se dire. Leurs souvenirs d'enfance, les liant intimement, leur donnent une connaissance profonde l'un de l'autre, une connivence qui leur permet d'aborder tous les sujets, des plus légers aux plus sérieux. Les conversations de ce soir-là passent des affaires à la dernière voiture dont rêve Joseph : la Ford T, fraîchement sortie des usines américaines.

« J'en aurai une, un jour, et je vous emmènerai à Paris ! Fini le train, finie la promiscuité, finis les horaires contraignants ! Nous partirons où bon nous semble ! N'est-ce pas, ma cocotte ? »

Il lève son verre vers sa femme et ses hôtes. En éclatant de rire, ils répètent en chœur :

« Vive la liberté, vive la Ford T ! »

Quelle joie ce serait de monter à la capitale, pense Victoire.

Huguette, après avoir desservi, apporte le dessert : des îles flottantes à la manière d'Escoffier. Tous l'acclament, l'applaudissent.

La cuisinière, d'habitude si réservée, les remercie et ajoute :

« C'est vrai que ce soir je les ai particulièrement bien réussies ! »

Ils trinquent encore à la santé de cette excellente maison. Et, sans savoir si c'est à cause du vin ou de la forme bombée du dessert, Victoire s'exclame d'une voix stridente :

« Eh bien, vous ne savez pas la dernière ! Notre petite bonne Céleste est enceinte ! »

Anselme lâche son verre, qui s'écrase et éclate dans son assiette, dispersant le vin rouge sur la nappe, éclaboussant son veston. La révélation de Victoire et le verre brisé plongent la petite assemblée dans un silence profond. Victoire a dit sa phrase en regardant Anselme, sans aucune arrière-pensée. Elle a alors été, malgré elle, le témoin de son changement de physionomie.

La phrase a flotté dans l'air, trop improbable pour être assimilée. Puis elle a frappé l'esprit d'Anselme alors qu'il portait à sa bouche, tout insouciant qu'il était encore, son verre de vin. Juste avant qu'il ne comprenne les mots de sa femme, il se disait : « Dieu, qu'il est bon ce petit rouge, le vigneron ne m'a pas trompé, je lui en reprendrai… » Et, soudain, la phrase qui fracasse sa pensée, qui projette son corps au dernier étage de la maison sur un lit de fer qui grince, puis sa main qui s'ouvre et son verre qui vole en éclats.

Victoire lit, dans le regard de son mari, l'enchaînement des pensées. Elle observe la brève transition entre l'incrédulité et la révélation. Et c'est quand le verre se brise que la vérité lui explose à la figure : il est le père de cet enfant à venir, et il vient tout juste de le comprendre. Au même instant qu'elle.

Si Victoire et Anselme semblent vivre ce moment dans une suspension quasi éternelle, il en va tout autrement de Joseph et Sarah. Elle est la première à rompre le silence et, si ses idées sont libérées quant à son habillement, elles sont convenues lorsqu'il s'agit de morale :

« Mais quelle honte ! Il faut la renvoyer chez elle ! C'est déshonorant pour vous ! Et puis cet enfant sous vos yeux, alors que vous n'en avez pas… »

Victoire la fusille du regard :

« Plaît-il, Odette ? »

Sarah se mord la lèvre et n'ose pas lui rappeler son nouveau prénom. Elle a très bien vu que Victoire avait été blessée et tentait à son tour de l'humilier en l'appelant Odette.

C'est finalement Joseph qui, adroitement, les extirpe de cette situation fâcheuse :

« Vous trouverez bien une solution, et puis, ma cocotte, les enfants ne sont pas tout dans la vie, tu le sais aussi bien que moi, il y a aussi les robes et Sarah Bernhardt ! »

L'atmosphère se détend. Ils parlent d'autre chose. Mais Victoire, tout en écoutant avec entrain la suite de la conversation, ne cesse de revoir le visage changeant d'Anselme. C'était donc ça, se dit-elle. Et surgit soudain l'image du ventre bombé. Puis, tout se superpose : les visages, le ventre, le corset, son reflet dans le miroir, ses hanches étroites.

« Tout ça dans la même journée », soupire-t-elle.

La soirée se poursuit cordialement, mais l'enthousiasme n'y est plus. Et les Vanel se décident promptement à partir. La Serpollet – autour de laquelle Pierre n'a cessé de tourner toute la soirée tant il est fasciné par ces véhicules – prend le chemin inverse, et la grille du jardin se referme.

Aussitôt les invités partis, Anselme se retire dans son bureau, il n'a aucune envie de discuter avec Victoire. Il veut être seul pour pouvoir penser librement à la chose.

« Bonne nuit, ma chérie. Et beaucoup de repos... »

Victoire ne s'en plaint pas. Elle préfère aussi se retrouver dans le silence de sa chambre, sans se confronter à lui.

Anselme s'installe confortablement dans le fauteuil qui fait face à son bureau et allume sa pipe. Il se sent incroyablement en paix. Quelque chose en lui s'est détendu, a lâché. Je ne suis donc pas cette moitié d'homme que j'ai cru être jusqu'à présent, pense-t-il en se frisant la moustache.

Il se réjouit de cette situation qui le place tout en haut de cette pyramide vénérée : la paternité.

« Enfin ! » murmure-t-il.

Pas une seule pensée pour Céleste, pas une seule sur la manière brutale dont il l'a engrossée. Pas un doute sur le fait qu'il soit le père. Non, une satisfaction totale dans laquelle il se prélasse. Et cette odeur de tabac chaud qu'il aime tant. Le bonheur parfait.

Il s'allonge tout habillé sur son lit en se disant qu'il peut, qu'il en est capable, qu'il a dû mal lire la lettre, que tout cela n'était qu'une erreur.

Dans un demi-sommeil, il entend Victoire qui se

prépare. Elle doit se peigner, songe-t-il. En effet, assise devant sa coiffeuse, les cheveux défaits, Victoire se regarde froidement. Elle a pris sa décision, elle sait exactement ce qu'il lui reste à faire.

Le lendemain matin, quand Anselme est à son étude, Victoire convoque Huguette et Céleste dans le salon. Les deux bonnes restent debout alors que Victoire, assise dans un fauteuil, s'adresse à elles :

« Voici la situation : Céleste est enceinte et nous ne savons pas de qui… »

Huguette, interloquée, les regarde tour à tour. Comment se fait-il qu'elle soit la dernière au courant !

Victoire poursuit :

« Savoir de qui n'est pas le problème, mais il va de soi que cette grossesse déshonore notre maison. »

Céleste sanglote en silence. Huguette s'exclame, indignée :

« Comment as-tu osé ? »

Victoire l'interrompt :

« S'il vous plaît, Huguette, n'ajoutez rien à la difficulté de la situation ! Il va aussi de soi que cette grossesse ne peut aller à son terme. N'est-ce pas, Céleste ? »

La jeune femme ne répond pas. Elle hoquette. Victoire prend les mouvements de son corps pour une approbation :

« C'est bien ce que je pensais. Vous vous rendez

compte que vous avez fauté, et votre place dans notre maison est beaucoup plus importante que ce qui pousse dans votre ventre… »

Elle prononce la fin de sa phrase avec dégoût. Elle se tourne vers Huguette :

« Je compte sur vous pour faire venir madame Berthelot le plus rapidement possible. Sa réputation n'est plus à faire et elle résoudra tout cela avec la discrétion nécessaire. »

Victoire se lève :

« Vous pouvez reprendre votre travail. »

Les deux bonnes retournent à la cuisine. Huguette, abasourdie, s'assied sur une chaise, tandis que Céleste continue de pleurer, appuyée contre la cuisinière à bois.

« Pourquoi tu ne m'as rien dit ?

— J'ai essayé, mais j'avais peur, et je n'étais pas sûre…

— C'est monsieur ? »

Céleste hoche la tête.

Huguette revoit Anselme enfant. Elle était toute jeune bonne chez madame de Boisvaillant quand il est né. Il a grandi solitaire, choyé par sa mère, sans père. Un cousin de ce dernier venait souvent les voir, jouant le rôle de figure paternelle. Anselme l'accueillait toujours avec joie, mais l'homme, après l'avoir embrassé, se désintéressait de lui, et Anselme continuait de jouer dans son coin. À l'école, il s'était fait quelques amis, Joseph notamment. Il n'avait jamais été un élève brillant, mais son sérieux et l'assurance que lui donnait son milieu lui avaient permis de réussir chaque examen, et de finalement reprendre la charge de notaire de son père avec de solides compétences.

Mais ce dont se souvient parfaitement Huguette, c'est d'une discussion brève et sans appel, comme savait en avoir Henriette de Boisvaillant. Elle lui avait simplement dit : « Je préfère que cela reste en famille, dans la maison. » Puis elle avait poussé Anselme, adolescent à la virilité en émoi, dans les bras d'Huguette. Madame de Boisvaillant évitait ainsi à son fils les bordels et les maladies qui vont avec. Jusqu'au jour où la bonne avait dû se rendre chez madame Berthelot, déjà faiseuse d'anges… Elle y était allée à plusieurs reprises, certaine de ne jamais vouloir d'enfant. La disponibilité que lui infligeait son travail l'y obligeait, et surtout, quand Pierre, revenu de la guerre mutilé, l'avait fixée avec son regard éperdu, elle avait compris que son enfant à elle, ce serait lui.

Huguette se lève et prend Céleste dans ses bras.

« Ça ira, ma petite. Madame Berthelot va faire ce qu'il faut et puis tu vas oublier, tu verras. Moi aussi j'ai oublié… »

Céleste la regarde à travers ses larmes :

« C'est vrai, Huguette ? Vous croyez que je pourrai oublier ?

— Bien sûr, ma petite. »

Et elle la serre contre son cœur, plus fort. Céleste s'abandonne à cet élan de tendresse si rare. Elle s'y réfugie durant quelques instants.

« Merci, Huguette. »

Madame Berthelot ne se déplace que lorsqu'une discrétion extrême est de mise. Elle arrive en fin d'après-midi, accompagnée d'Huguette. Victoire la reçoit et la remercie de sa célérité.

« Tenez-moi au courant ! Je serai dans la bibliothèque. »

Céleste attend nerveusement dans sa chambre. Huguette et madame Berthelot – ses aiguilles dans son sac – la rejoignent avec des bassines d'eau chaude et du linge, beaucoup de linge.

Peu de temps après, madame Berthelot se rend dans la bibliothèque où Victoire a tenté de lire sans y parvenir.

« Déjà ?

— Madame, il n'y a rien à faire. Votre bonne est enceinte depuis plus de six mois ! »

L'univers entier de Victoire bascule. Son monde intérieur se fissure alors qu'elle s'affale dans le fauteuil sur lequel elle attendait, anxieuse.

Victoire trouve absurde de se sentir aussi bouleversée par cette nouvelle. Elle peut toujours chasser Céleste. Elle pourrait même divorcer – l'audace de cette pensée la surprend. Elle dirait à Anselme que cette situation est intolérable, mais au fond d'elle-même, elle sait qu'elle ne le fera pas. Pour aller où ? Affronter le regard sentencieux des autres ? Elle en est incapable.

Et, comme une grande houle intérieure, des souvenirs surgissent à la surface de sa mémoire.

Sa première rencontre avec Anselme.

Peu de temps après que la mère de Victoire avait répondu à l'annonce postée par le jeune veuf, il était venu se présenter chez les Champfleuri. Marguerite avait trouvé un prétexte auprès de sa fille pour justifier cette visite. « C'est le cousin d'une connaissance… » Les sœurs de Victoire avaient été envoyées chez une tante pour la journée. Il ne restait plus qu'elle dans le salon, avec ses parents et ce notaire « très bien de sa personne». Ils avaient d'abord parlé de chasse, un peu de politique – à peine, afin de ne pas froisser les sensibilités des uns et des autres, mais il fallait bien montrer que l'on était au fait de ce qu'il se passait dans le monde. Puis Anselme avait longuement expliqué sa charge de notaire et, en taisant les noms, il avait même raconté quelques anecdotes croustillantes. Ils avaient bien ri.

Durant la discussion, il avait posé plusieurs fois les yeux sur Victoire. Sa physionomie lui plaisait et, même s'il la trouvait un peu maigre, son maintien était élégant. Ses manières délicates et sa peau diaphane dégageaient un parfum de virginité qui lui plaisait. En un mot, il était conquis, et puis la vie de célibataire ne lui convenait pas. Il lui fallait quelqu'un dans sa maison qui puisse lui donner une descendance. Victoire avait remarqué ses regards appuyés, elle en avait même rougi, comprenant soudain ce qui se tramait derrière cette discussion anodine et cette tasse de thé.

Respectant les convenances, Anselme ne s'était pas attardé lors de cette première visite. En quittant Victoire cette fois-là, il lui avait dit qu'il espérait la revoir bientôt, «très bientôt», avait-il insisté en lui baisant la main.

Quelques jours plus tard, Victoire recevait une lettre d'Anselme lui déclarant sa flamme. La jeune femme, dans un état de jubilation où se mêlaient joie et peur, l'avait aussitôt montrée à sa mère. Cette dernière avait pris sa fille dans ses bras, lui disant que cet homme devait être le sien puisque Dieu l'avait mis sur son chemin. Victoire ne sut quoi répondre, il lui semblait que tout cela était irréel et rapide. Mais si tel était le choix de Dieu, avait-elle son mot à dire ? Autre que « oui » et « merci » ?

Ainsi, tout fut réglé en quelques jours, et le repas de fiançailles chez les Champfleuri fixé au début du mois suivant. Là, les familles se rencontrèrent et se jaugèrent. Tout le monde présentait bien, les mentalités s'accordaient, les portefeuilles aussi. Une ébauche de contrat fut discutée entre hommes, et la date du mariage arrêtée à deux mois plus tard.

Il restait peu de temps à Victoire pour finir son trousseau. Elle y travailla d'arrache-pied avec l'aide de ses sœurs : des broderies *CB* à n'en plus finir. Des nappes, des draps, du linge, des toilettes, lavés, amidonnés, repassés. Tout devait être parfait. La concentration que cela exigeait d'elle et l'effervescence de ses sœurs l'empêchaient de penser à autre chose. Victoire passa ces deux mois à flotter dans un état d'excitation permanent.

Et le grand jour arriva. « Le plus bel instant de ta vie, lui avait dit sa mère, celui vers lequel tu te tourneras lors des jours sombres. »

Aujourd'hui, est-ce un jour sombre ? Le souvenir de son mariage surgit dans son esprit et elle n'y trouve aucun réconfort.

Il y avait d'abord eu la signature en mairie, puis toutes les calèches s'étaient rendues à l'église. Au son de l'orgue, elle avait fait son entrée dans la nef. Anselme l'attendait près de l'autel. Elle ne se souvient pas du sermon ni des prières, elle se souvient seulement d'avoir eu froid, très froid. Elle tremblait sous sa robe et son long voile de dentelle. Elle se demandait pourquoi elle était là et ce qui allait se passer.

Au moment de l'échange des vœux, elle s'était tournée vers sa mère pour avoir son assentiment. Puis elle avait répondu « oui » dans un souffle. La moustache d'Anselme était ensuite venue se poser sur ses lèvres pour la première fois. Ce contact étrange l'avait fait frissonner un peu plus.

Vinrent en suivant la musique, le banquet, les allusions grivoises, tout ce qu'elle s'était empressée d'oublier. Et la nuit de noces, la fameuse, celle qui était censée la rendre femme. Passer de jeune fille à femme en un instant si bref et brutal, est-ce possible ?

Victoire se lève, elle ne veut plus y penser. Elle ira voir Anselme, car après tout, si la situation est telle aujourd'hui, c'est à cause de lui. Elle décide de se rendre à l'étude. Il ne lui arrive qu'à de très rares occasions de le déranger lorsqu'il travaille. Mais, à cet instant, elle considère qu'elle n'a pas le choix.

Elle entre dans la salle. Les clercs la saluent respectueusement. L'un d'eux s'empresse :

« Madame de Boisvaillant, que puis-je pour vous ?

— Dites à mon mari que j'ai à lui parler. »

Quand Victoire entre dans la pièce où son mari s'isole pour travailler seul, elle le voit à peine tant les dossiers qui recouvrent son bureau sont nombreux et le cachent. Elle distingue seulement le haut de son crâne et le bruit de la plume qui gratte la feuille.

« Anselme ?

— Oui », répond-il, étonné que quelqu'un l'appelle par son prénom.

Il se lève et aperçoit sa femme :

« Ma petite chérie, que fais-tu ici ?

— Il faut que je te parle. »

Avant de s'asseoir sur l'une des chaises qui font face au bureau, elle s'empare d'une pile de papiers et la pose sur le sol.

« J'ai besoin de te voir. »

Anselme, un peu interloqué par l'audace de son geste, n'ose pas l'arrêter en lui expliquant que ces dossiers sont extrêmement importants, que la destinée de familles entières en dépend. Il se contente de dire :

« Très bien, très bien… »

Il se rassoit dans son fauteuil de cuir et attend que sa femme prenne la parole. Lentement, son pouce et son index frisent sa moustache. Il le fait inconsciemment, chaque fois qu'il s'apprête à écouter un client.

« Anselme, je ne vais pas y aller par quatre chemins. Comme je l'ai dit hier soir, Céleste est enceinte, et j'ai bien compris à ta réaction que tu étais... » – elle hésite et dit le dernier mot à toute allure – « ... le père. »

Les doigts, qui caressaient la moustache un instant auparavant, se figent. Et toute la main tombe à plat sur l'accoudoir du fauteuil. Dans sa vie personnelle et intime, Anselme n'a jamais été confronté à une telle franchise. Les phrases qui lui ont été adressées jusqu'ici ont toujours été bien tournées, feutrées. Et s'il est témoin dans son bureau de ce qu'il y a de plus vil dans les sentiments humains, il n'en est jamais le destinataire. La brutale sincérité de sa femme le désarçonne. Il bredouille :

« Mais, ma chérie, de quoi parles-tu ?

— Ressaisis-toi, Anselme, et soyons francs l'un envers l'autre ! »

Elle soupire et poursuit :

« J'ai fait venir madame Berthelot.

— Qui est madame Berthelot ?

— Comment, tu ne la connais pas ? Tout Saint-Ferreux sait ce qu'elle fait !

— Non, je ne sais pas...

— C'est la faiseuse d'anges, le joli mot pour avorteuse », lui dit-elle droit dans les yeux.

Anselme bondit :

« C'en est trop ! Qui t'a permis ! Sans m'en parler !

— Ne t'emporte pas ! répond-elle calmement, je crois que tu es le plus mal placé pour parler de permission et d'omission... »

Il réalise, tout à coup, qu'elle a raison. Il marche de long en large, plonge dans ses contradictions intérieures. Comment n'a-t-il pas envisagé les conséquences de ses actes ? Lui, maître de ses émotions, lui conseiller des conflits qui agitent les autres, comment a-t-il pu se laisser aller si bêtement ? Qui lui a fait croire qu'il serait exempt de tout ?

Il s'arrête et observe sa femme. Elle semble si frêle dans sa robe rose pâle, et pourtant elle le regarde sans ciller. Il ne l'a jamais vue si déterminée. Soudain quelque chose cède en lui, ses certitudes bourgeoises s'étiolent, chancellent. Il s'approche de Victoire, s'agenouille au pied de sa chaise, prend sa main dans la sienne, et d'une voix tremblante lui dit :

« Je ne veux pas te perdre. Pardonne mon inconscience, ma bêtise… »

Elle lui répond, glaciale :

« On se fiche de ton inconscience et de ta bêtise ! La question, c'est cet enfant… »

Anselme ne l'écoute pas vraiment, trop pris par ce qui s'agite en lui :

« Victoire, il faut que je t'avoue quelque chose… J'ai toujours cru que j'étais stérile. Je ne sais pas pourquoi… »

C'est elle qui maintenant est interloquée. Elle se lève à son tour, le laissant là, agenouillé.

« Mais alors, pourquoi m'avoir épousée ? Pourquoi me parler sans cesse de nos enfants ? Pourquoi tous ces mensonges ? Pourquoi cette comédie si, toi-même, tu n'y croyais pas ? »

Elle trépigne et finit par hurler :

« Tu me mens depuis le début ! »

Il se dirige vers elle, tente de la prendre dans ses bras :

« Calme-toi, ma chérie… »

Elle se dégage de son étreinte :

« Laisse-moi, tout ça me dégoûte… »

Ils sont maintenant l'un en face de l'autre, plus étrangers que jamais. Elle poursuit :

« Madame Berthelot n'a rien pu faire. Céleste est enceinte depuis plus de six mois. »

Ils restent silencieux, incapables de faire face à cette réalité insurmontable. Elle est la première à voir la lumière se profiler du chaos. Une lumière fragile qu'elle va utiliser à son avantage. Non, il ne la perdra pas. Où irait-elle ? Oui, elle restera son épouse. Elle aime ce nom, Boisvaillant, et puis elle s'est faite à cette maison. Mais tout cela à une seule condition.

Elle lui prend les mains et lui dit sans aucun état d'âme :

« Eh bien, Anselme, tu viens d'avoir la preuve que tu n'es pas si stérile ! Évitons le scandale. Gardons cet enfant, il sera le nôtre. Ne chassons pas Céleste, laissons-la nous donner sa progéniture. Elle nous remerciera de donner un avenir à cet enfant, à notre enfant. Mais, jusqu'à nouvel ordre, ne t'approche pas de mon lit ! »

Sa phrase à peine terminée, Victoire claque la porte du bureau d'Anselme. Lui n'a pas entièrement saisi la portée des mots de sa femme. Il a simplement vu qu'elle s'était calmée. Il pense que, d'une manière ou d'une autre, ils sont tirés d'affaire, et l'idée que l'enfant naisse ne lui déplaît pas. Un garçon serait parfait. Il l'appellerait Anselme et il pourrait reprendre la charge de notaire, comme ils le font depuis quatre générations. L'honneur serait sauf, et leurs vies auraient un sens.

Victoire va dans la cuisine, elle veut maintenant parler à Céleste. Elle trouve Huguette qui écaille un poisson.

« Regardez-moi ces brochets, madame, ils sont pas beaux ? »

Victoire hausse les épaules, elle se moque du poisson.

« Où est Céleste ? »

Huguette, sans lever les yeux de sa tâche, lui répond :

« Dans sa chambre, je crois... »

Victoire prend l'escalier de service qui mène aux chambres de bonnes. Elle réalise qu'elle n'est jamais allée jusqu'au deuxième étage, qu'elle n'a jamais emprunté cet escalier, qu'elle n'a toujours vécu qu'au rez-de-chaussée et au premier étage de sa maison. Comment se fait-il qu'elle ne la connaisse pas entièrement ? Comment se fait-il qu'elle ait manqué à ce point de curiosité ? se demande-t-elle en gravissant les dernières marches en colimaçon.

Quand elle arrive dans le couloir, elle ne sait pas à quelle porte frapper. Il y en a une dizaine, elles se font face, toutes fermées. Elle appelle :

« Céleste ? »

Une petite voix répond, elle semble provenir d'une des portes au fond à gauche. Elle en ouvre une avec prudence. La pièce est vide, sinistre, tout juste meublée d'un petit lit de fer, d'une chaise et d'une commode recouverte d'un drap – vestiges d'un temps prospère où toutes les chambres étaient utilisées. Elle frappe à une autre porte doucement. Il y a de la lumière. Céleste est assise sur son lit. Le regard perdu. Victoire jette un coup d'œil rapide à la pièce : comme dans la précédente, il y a une chaise, une commode sur laquelle sont posés un bouquet de fleurs séchées, un rosaire, une lampe et une petite reproduction en couleur de la Vierge. À côté du lit, il y a des sabots.

Victoire prend la chaise, l'approche du lit, et s'assoit en face de Céleste.

« Ma petite, ne t'inquiète pas. Nous ne te voulons pas de mal. Tout va bien se passer…

— Vraiment, madame, mais comment ? »

Victoire l'observe pour la première fois. Elle remarque ses yeux couleur d'eau, presque transparents, qui tanguent. Céleste aussi la dévisage. Elles n'ont jamais été si proches.

« Céleste, nous n'allons pas vous chasser. Nous voudrions que vous gardiez l'enfant. »

Victoire passe du tutoiement au vouvoiement. Elle observe la bouche charnue de la jeune fille qui tremble. Les lèvres se pincent et se plissent de manière saccadée, incontrôlée.

« Vraiment, madame, mais comment ? »

Les yeux de Céleste se remplissent de larmes.

« Ne pleurez pas, Céleste, s'il vous plaît... »

Le ton de Victoire devient suppliant. Elle lui prend la main et répète :

« S'il vous plaît, ne pleurez pas... »

Céleste ferme les paupières et se concentre. Ses lèvres continuent de trembler. Victoire lui caresse le dos de la main avec son pouce. Sa peau est douce, ses ongles sont rongés jusqu'au sang.

La jeune fille rouvre les yeux, ravale ses larmes. Ses pupilles dansent doucement, l'interrogent.

Victoire poursuit :

« Céleste, j'ai eu cette idée pour votre bien. Pour le mien aussi... »

Elle ne caresse plus la main, elle la presse :

« Je vous propose de garder l'enfant, de rester ici, mais que vous nous laissiez, Anselme et moi, l'élever. »

Consciente de l'incongruité de la situation, elle ajoute précipitamment :

« Vous serez ici, vous le verrez, il grandira près de vous, mais il sera le nôtre. »

Céleste regarde la main qui étreint si fort la sienne. Victoire lâche aussitôt prise. La jeune fille murmure :

« Alors, il ne saura jamais que je suis sa mère ? »

Victoire acquiesce en silence.

La pensée de Céleste se perd dans sa clairière intérieure. Elle revoit ses frères et sœurs, leurs jeux dans la forêt. Elle revoit la ferme, le puits, le père taiseux. Elle revoit les champs de blé resplendissant de soleil, les épis doucement balayés par la brise. Elle entend sa mère qui les appelle depuis le seuil de la porte. Ils l'écoutent à peine, continuent de jouer. Elle entend sa mère qui les appelle à nouveau, qui les somme de venir immédiatement à table. Elle la revoit qui lui demande son âge, chaque année. Mais aucun souvenir de tendresse. Céleste fouille sa mémoire. Non, aucun. Ils se serrent les uns contre les autres, entre frères et sœurs, mais avec la mère jamais, ou bien elle a oublié.

Victoire observe Céleste qui chemine dans le dédale de sa pensée. Elle n'ose pas s'y immiscer. Elle lui laisse le temps de comprendre qu'elle n'a pas le choix, que cet enfant sans père n'a aucun avenir et pour elle, mère qui perdrait son travail, la perspective serait aussi sombre.

Les larmes maintenant coulent sur le visage de Céleste. Victoire ne peut deviner que la jeune fille pleure l'absence de sa propre mère, plus que l'abandon qu'elle s'apprête à accepter.

« Je suis d'accord.

— Merci, nous prendrons soin de lui. »

Victoire quitte la chambre rapidement. Céleste essuie ses larmes. *Sainte Marie, mère du monde, protégez-moi, protégez-le…* Et elle pose ses mains sur son ventre.

Les mois suivants passent sans heurts. Chacun interprétant à la perfection la partition de ce ballet autour duquel ils se sont réunis, accordés. Huguette a propagé la nouvelle à Saint-Ferreux que madame était enceinte, mais de constitution fragile, elle resterait donc chez elle jusqu'au terme et ne recevrait pas. Anselme se plut à accepter les félicitations d'usage avec modestie, et Céleste fut interdite de sortie.

Dans le ventre, l'enfant grandit vite. Depuis que Céleste a compris qu'elle était enceinte, ses entrailles font une place pour ce petit être à naître. Elle travaille sans relâche, ne se plaignant jamais de ce corps qui l'encombre. Victoire et Huguette l'observent avec une bienveillance étonnée, tandis qu'Anselme continue d'ignorer celle qui porte sa descendance.

Les contractions commencent un soir, alors qu'elle essuie des assiettes. Cette première douleur la prend au dépourvu et elle manque de lâcher la précieuse vaisselle. *Ça y est, il arrive.*

Elle ne dit rien à personne. Chacun vaque à ses occupations et, peu après, tous partent se coucher.

Céleste aussi. Allongée sur son lit, elle fixe la petite flamme de la lampe, qui vacille dans l'obscurité de sa chambre.

Personne n'a surveillé sa grossesse. Victoire lui a simplement dit : « Prévenez-moi, le moment venu. » Mais, comment savoir si le moment est vraiment venu ? Elle se souvient des accouchements de sa mère, des contractions qui la courbaient en deux, de son souffle court, puis des rideaux tirés par la sage-femme. Des rideaux qui n'étouffaient pas les cris, qui ne faisaient qu'enfler le mystère. Et, après, le petit glapissement frais et neuf, parfois vaillant, parfois timide. Un nouveau-né parmi eux.

Céleste attend d'être sûre. Son corps s'endort, la plonge par intermittence dans un état d'apesanteur, la soulageant quelques instants des efforts à venir. Elle passe ainsi la nuit, entre contractions et relâchements.

Au petit matin, la douleur prend une intensité nouvelle, si forte que tout son corps semble pris dans un étau. Les yeux écarquillés, Céleste s'assoit sur le lit. Lorsque les contractions s'estompent, elle parvient à se lever. *Le moment est venu.* Elle descend tant bien que mal l'escalier en colimaçon. Arrivée en bas, elle se cramponne à la rampe. L'onde qui la traverse ne lui laisse aucun doute. Elle entend du bruit dans la cuisine. Elle appelle Huguette. Pas de réponse. L'onde passe. Elle pense pouvoir avancer, mais l'onde la transperce encore. Elle appelle de nouveau. Et, soudain, elle hurle : « Huguette ! » Un silence plus froid que le marbre fige brièvement la maison. Puis voilà Huguette qui accourt. Des pas, aussi, dans le couloir du haut. Victoire arrive en chemise de nuit, les cheveux défaits, le regard hagard. Et le même cri qui leur perce les tympans :

« Huguette !

— Je suis là, ma petite. »

Les jambes de Céleste tremblent.

« Allez chercher la sage-femme », ordonne Victoire.

Huguette s'agite en tous sens en grommelant des « Mon Dieu, mon Dieu » à n'en plus finir.

Céleste, toujours cramponnée, arrive à articuler :

« La sage-femme, maintenant ! »

Huguette se ressaisit, part pour revenir avec la sage-femme peu de temps après. Victoire a aidé Céleste à remonter dans sa chambre. Elles se sont arrêtées à chaque marche, reprenant leur souffle. Céleste, dans un état second, a commencé à prier.

Sainte Marie, mère du monde, aidez-moi, protégez-le. Sainte Marie, mère du monde, ayez pitié, ne m'abandonnez pas…

Quand la sage-femme entre, Victoire lui dit qu'elle voudra voir l'enfant juste après la naissance, qu'elle l'attendra dans sa chambre.

Restent Huguette, la sage-femme et Céleste. On l'aide à se déshabiller. Les bassines et les linges qui n'avaient pas servi à madame Berthelot sont rapportés. Les contractions sont ininterrompues, la naissance est imminente. Quand soudain, en sueur et les yeux exorbités, Céleste s'écrie :

« Sortez toutes les deux ! Sortez !

— Mais, Céleste, tu n'y arriveras pas seule !

— Sortez ! »

La détermination de Céleste est vertigineuse, elles

l'ont compris. La sage-femme lui dit calmement qu'elle sera derrière la porte, qu'elle se tiendra prête au moindre appel.

Céleste s'apprête à regarder au plus profond de son être. Elle plonge dans l'abîme de son corps pour y puiser une force sauvage, qui est là depuis toujours, qui attendait l'instant. Et l'instant est maintenant.

Céleste pousse de toutes ses forces la vie hors d'elle. Point de rideaux, point d'enfants curieux. Un silence qui se fraie dans son âme. Le silence qui précède la vie, le même, exactement le même que celui qui précède la mort, celui de l'être, de la pleine conscience.

Céleste, accompagnée de sa force insoupçonnée et du silence originel, donne la vie. Et le cri qui la déchire n'est pas le sien, mais celui de son enfant. À peine né.

La sage-femme entre aussitôt dans la chambre. Céleste tient l'enfant dans ses mains. Il est glissant, fripé, rouge. Une fois le cordon coupé, Céleste colle le petit corps contre le sien. Huguette et la sage-femme s'affairent. Céleste ne voit rien, ne sent rien. *Il était dedans, il est dehors.* Elle ne se pose pas la question de fille ou garçon. Non, juste ce corps frémissant contre le sien. Cette respiration rapide, presque haletante, ces yeux mi-clos contre elle. *Tu étais dedans, tu es contre moi.* Un amour qui s'ébauche. *Sainte Marie, mère du monde, vous m'avez protégée jusqu'ici, protégez-le. Prenez soin de lui comme vous l'avez fait pour moi…*

La sage-femme n'a pas oublié les mots de Victoire et, sans réaliser de quoi elle se rend complice, interrompt la prière :

« Madame de Boisvaillant a demandé à voir l'enfant. »

Huguette, le cœur serré, tout à coup confrontée à la réalité du mensonge devant lequel chacun s'est plié, préfère rester près de l'accouchée :

« Je m'occupe d'elle. Allez présenter l'enfant à madame. »

Et l'enfant, emmailloté dans des langes frais, est aussitôt retiré des bras de sa mère.

Victoire attend patiemment. Assise dans son lit, adossée à plusieurs coussins, elle s'est confortablement installée pour accueillir le nouveau-né. Elle a même pris soin de se coiffer. Elle veut que la première image qu'il ait d'elle soit la plus avantageuse. Anselme a été prévenu. Dans son bureau, il se prépare lui aussi. La sage-femme frappe doucement à la porte de la chambre.

« Entrez ! »

Victoire tend les bras et prend l'enfant qui s'agite, qui pousse de petits cris.

« C'est un garçon, n'est-ce pas ?

— Oui, madame.

— Je le savais que nous aurions un garçon. »

La sage-femme ne relève pas le « nous », elle n'a pas encore compris. Dans l'agitation de l'accouchement, elle n'a pas remarqué que Victoire n'était pas enceinte comme on le croit en ville.

À cet instant-là, Anselme entre. Quand il voit sa femme avec le petit dans les bras, son émotion est si forte qu'il reste cloué sur place.

« Regarde, Anselme, notre petit garçon ! »

La scène qui s'offre à ses yeux est celle dont il a rêvé toute sa vie. Un enfant, une descendance, un mâle.

« Mon Dieu, Victoire, comme vous êtes beaux, tous les deux ! »

La sage-femme, qui a suivi ce dialogue en silence, comprend tout à coup ce qui se trame devant elle.

« Madame de Boisvaillant, l'enfant a besoin de sa mère maintenant. »

Le regard que lui lance Victoire est sans appel, sa réponse aussi :

« Je suis sa mère. Céleste l'a porté, mais Anselme et moi sommes ses parents. »

Elle se tourne vers Anselme :

« As-tu préparé le dédommagement pour madame Thévenin ?

— Bien entendu ! »

Et il tend une enveloppe à la sage-femme. La voix de Victoire s'adoucit, elle est presque mielleuse :

« Nous vous remercions de vous être déplacée si rapidement, de votre diligence aussi. Ce salaire est à la hauteur de notre reconnaissance. »

Madame Thévenin a parfaitement compris que le montant de son silence est dans l'enveloppe. Elle ne désire plus qu'une seule chose : partir de cette maison. Partir pour ne pas penser à ce qu'elle vient de voir. Partir en prenant l'enveloppe.

« Très bien ! Il faudra que Céleste se repose, ajoute-t-elle précipitamment, et vous aussi madame. »

Elle sort de la chambre, l'enveloppe cachée dans sa robe, et prend aussitôt congé de Céleste, sans oublier de lui donner des indications pour les soins des prochains jours. Madame Thévenin a déjà vu de pareilles situations. Si la bonne n'est pas chassée, on garde parfois l'enfant. Et, à Saint-Ferreux, tout le monde s'interrogeait sur la prétendue grossesse de Victoire qu'on ne voyait plus en ville et qui était restée de si longues années sans enfant. Elle sait bien aussi qu'Anselme ira, dès aujourd'hui, à la mairie reconnaître son fils. Alors, elle gardera le silence. Tout en comptant les billets, elle se dit qu'elle leur doit bien ça, et qu'après tout ce n'est pas son affaire.

L'enfant s'est endormi dans les bras de Victoire. Anselme est assis près d'eux. Ils vivent un moment de bonheur intense mêlé de doutes et d'angoisses. Mais ils y sont arrivés. L'enfant est là. Leur enfant. Je suis père, je suis père, ne cesse de se répéter Anselme pour se convaincre de cette réalité.

Il ajoute à voix haute :

« J'aimerais qu'il s'appelle Anselme.

— Impossible ! rétorque Victoire qui ne peut contenir sa virulence.

— Pourquoi ? »

Elle cherche un argument valable, ne veut pas le froisser en lui disant qu'elle déteste ce prénom. Elle tente :

« Afin qu'il ait sa propre identité, tu comprends ? »

Anselme ne peut cacher sa déception :

« J'aimerais qu'il s'appelle comme moi parce que c'est une tradition, et puis nous aurions les mêmes initiales…

— S'il s'agit de ça, appelons-le Adrien ! »

C'est le premier prénom commençant par un A qui lui est venu à l'esprit. Elle aurait préféré Émile. Elle s'étonne à présent qu'ils n'en aient jamais parlé auparavant. Anselme cède. Les initiales, c'est toujours ça de pris, se dit-il. Pour le reste, c'est lui qui se chargera de son éducation intellectuelle. Et tout ira bien.

« Oui, ma chérie, tu as raison. Adrien, c'est parfait ! Vous êtes si beaux… Il est temps que je fasse venir ce peintre de Tours. Il doit faire ton portrait maintenant que tu es dans la plénitude de ta beauté… Ma chérie, nous avons un fils ! »

Ils se sourient en regardant cet enfant endormi. Leur rêve devenu réalité.

Saint-Ferreux-sur-Cher, le 4 février 1909

Très chère maman,

Je t'écris enfin cette lettre. Toute ma vie, j'ai rêvé de te l'écrire, de pouvoir, noir sur blanc, t'annoncer que mon fils est né !

Hier, Adrien est arrivé parmi nous. Quelle joie ! Je te remercie de ta patience et d'avoir accepté ma sauvagerie qui vous empêchait de venir me rendre visite. Mais, maintenant qu'il est là, vous êtes tous les bienvenus !

Adrien est un bel enfant qui ressemble déjà à son père, mais je ne désespère pas de lui donner quelques-uns de mes traits de caractère ! La naissance s'est bien passée. Je me repose comme me l'a conseillé la sage-femme. Tu ne peux pas imaginer notre bonheur. Anselme est sur un petit nuage. Lui, qui est resté de si longues années sans descendance, est comme transfiguré. Et moi, je repense à ce que tu me disais, que les femmes trouvent leur accomplissement en donnant la vie. Comme tu avais raison ! À présent, ma vie a un sens et je ferai tout pour ce petit être.

Comme tu l'imagines, nous pensons déjà à son baptême. Pour que la fête soit belle, j'aimerais attendre le printemps et les beaux jours. En mai, certainement. Je compte sur toi pour les dragées, celles de la mère Chandeau sont de loin les meilleures, je te dirai en temps voulu combien il nous en faut. Je m'occuperai des fleurs.

J'aurais aimé qu'Adrien porte la petite robe que nous avons toutes revêtue, mais Anselme tient particulièrement à ce que ce soit la sienne. Pour ne pas le vexer, j'ai accepté de bon cœur. Hier, il est allé à la mairie reconnaître notre enfant. Il n'a pas pu s'empêcher d'ajouter Anselme comme troisième prénom. Il s'appelle donc : Adrien Joseph Anselme de Boisvaillant.

Te souviens-tu de Joseph ? Le témoin d'Anselme lors de notre mariage. Il sera le parrain d'Adrien. C'est un ami d'enfance d'Anselme, avocat. Il sera parfait, d'une confiance absolue.

Nous avons installé le couffin dans ma chambre. Adrien est toujours avec moi. Je n'ai pas encore fermé l'œil, je crois que c'est cet amour extraordinaire. Ce doit être cela, n'est-ce pas ? J'attends tes conseils avisés. Qui mieux que toi connaît les enfants ?

Quelle joie ! J'espère que nous pourrons organiser votre visite bientôt et que ta goutte ne t'empêchera pas de parcourir les kilomètres qui nous séparent. Les remèdes te soulagent-ils ?

Je te remercie pour le sirop qui a bien atténué mes douleurs d'estomac ainsi que pour les excellentes prunes à l'eau-de-vie. Nous en mangeons tous les soirs, après le dîner.

Maman, je suis bien heureuse. Je fais partie des

femmes maintenant. Avant, j'étais dans l'attente, comme inachevée.

Je pense à vous tous et au bonheur que cette nouvelle va vous procurer. Faites un bon dîner à notre santé, et faites dire une messe par mon cher père Gabriel, qui sera aux anges d'apprendre la nouvelle et qui me manque.

Embrasse bien fort mes sœurs et papa pour moi.

Ta toujours affectionnée,
Victoire

La réalité est tout autre. Victoire ne comprend rien au petit corps qu'elle a pris dans ses bras. Elle ne se relâche que lorsqu'il dort. Il a beaucoup dormi les premières heures, et elle l'a trouvé mignon, un peu fripé mais mignon. Puis il s'est mis à crier, à pleurer. En elle, rien pour l'apaiser. Une paralysie totale de l'âme et de l'esprit qui l'empêche de le consoler. Elle chuchote : « Tais-toi, tais-toi », et ses bras se raidissent. Elle se donne une contenance devant Huguette. Elle sourit, puis, au bord des larmes, l'implore : « Faites quelque chose ! », et la bonne, elle-même sans expérience, prend Adrien, pour lui murmurer quelques berceuses. Et, parfois, l'enfant se calme.

Il a été décidé, d'un commun accord, que Céleste garderait le lit pendant quinze jours, et reprendrait le travail ensuite. La sage-femme passera deux fois lui rendre visite. Depuis sa chambre, Céleste n'entend pas les pleurs. Nuit et jour, elle dort d'un sommeil profond, réparateur, qui lui permet de ne pas penser et de ne rien ressentir.

Son corps se repose. Elle sortira bientôt de sa torpeur mais, pour l'instant, elle est happée par la langueur de l'oubli.

Les premiers jours, on a donné de l'eau sucrée à Adrien. Victoire a interdit formellement que l'on fasse appel à une nourrice. Elle s'occupera seule de cet enfant, elle en est capable. Et plus son incapacité est flagrante, moins elle laisse les autres s'approcher de lui. Les jours suivants, on utilise les biberons Robert, « les meilleurs, mais les plus chers », leur a-t-on dit à Tours. Victoire pense qu'avec ces nouveaux ustensiles tout ira mieux. Mais Adrien mange peu, dort peu. Où est donc cette vie rêvée ? Cet accomplissement total promis à toutes les femmes ? De quelle tare est-elle affublée ? Pourquoi n'y arrive-t-elle pas ? Elle qui pensait qu'il suffirait de le regarder pour l'aimer. Non, elle le regarde pleurer, et le sentiment qu'elle éprouve est de l'indifférence. Une indifférence telle qu'au bout d'un moment elle n'entend plus les cris, et le calme surgit enfin. Un calme qui la mène loin des autres, loin de cette chambre, de tous, de tout.

Anselme a installé un lit dans son étude, incapable de supporter les cris de l'enfant. Victoire a parfaitement compris : « Bien sûr, mon chéri, lui a-t-elle dit en souriant, tu dois rester en forme pour travailler. »

Victoire croit avoir trouvé la solution. Elle s'est remise au piano. Huguette a débarrassé l'instrument de tous les bibelots qui l'encombraient et Victoire a ressorti *Les Heures du matin* de Czerny. Elle reprend tout depuis le début, il y a tant d'années qu'elle n'a pas joué. L'envie a été irrépressible. Elle pose le couffin sous l'instrument, et passe des heures à s'exercer.

Quel soulagement ! Les notes couvrent le bruit des pleurs…

Au bout de quinze jours, l'enfant mange de moins en moins, il dort sans discontinuer et, surtout, il ne pleure plus. Après cette première fois où elle l'a pris dans ses bras, tout juste après sa naissance, elle ne l'a plus fait, elle n'a plus réussi. L'envie n'est jamais revenue, quelque chose de plus fort que sa volonté la retenait. Elle se sentait tout à coup molle, sans force. Ce qui ne l'empêchait pas d'interdire à quiconque de l'embrasser. « C'est mon enfant ! » leur disait-elle, farouche. Elle pouvait jouer des heures du piano, mais serrer Adrien contre elle lui demandait un effort insurmontable. Maintenant qu'il ne pleure plus, elle se dit que ce n'est pas si grave de ne pas le câliner, il a compris qu'il devait juste arrêter de crier et que tout se passerait bien.

La fin des pleurs concorde avec la reprise du travail de Céleste. Elle n'a pas revu l'enfant, mais quelque chose dans la maison la trouble. Ce piano qui ourle la tension environnante l'alerte, elle ne sait pas encore de quoi. Huguette prévient Céleste de la jalousie de madame. Elle-même n'a le droit de l'approcher que pour le nourrir.

« D'ailleurs, il mange de moins en moins, ajoute-t-elle, pourtant tous les matins, on nous apporte du lait frais, mais il ne se réveille plus pour manger… »

Céleste réalise, tout à coup, que l'enfant se meurt. Cet enfant qu'elle a porté, dont elle est incapable de dire si elle l'aime ou non. Son enfant, qu'ils ont décidé d'élever, se meurt.

Elle a vu juste. Le corps d'Adrien, sa chair entière

s'est accrochée à la vie avec la virulence nécessaire pour croître. Il a pris la nourriture qu'on lui offrait, il s'est reposé comme il le devait, mais l'amour était absent, et aucun lait ne le remplace. Il est seul, perdu dans ce monde nouveau. L'enfant ressent tout. Il a crié, il a réclamé, et pourtant rien n'est venu. Aucune main, aucun sein, aucune peau pour le réconforter. Il est serré, emmailloté, balloté par les notes ininterrompues du piano. Deux semaines exactement pour se laisser convaincre de ne pas grandir, de se laisser mourir. Le corps de l'enfant, maintenant, se tait. Aucun désir, aucune force, le relâchement jusqu'à l'épuisement total.

Céleste soudain comprend.

Sainte Marie, mère du monde. Maintenant, j'ai besoin de toutes vos forces. Maintenant plus qu'avant, plus que toujours. Faites qu'il vive, que je puisse le sauver…

Céleste attend la nuit. Huguette lui a dit que le couffin, quand il n'était pas sous le piano, était dans la chambre de madame. Elle ira quand ils dormiront, elle n'a pas peur, elle n'a plus le choix et passe sa journée à prier en marmonnant. Elle reprend le travail sans états d'âme, abattant les tâches les unes après les autres. L'accouchement, la séparation de l'enfant, le repos absolu dans lequel elle s'est ensuite engouffrée, ont accompli un bouleversement extraordinaire dont elle commence à se rendre compte.

Céleste, plongée dans une multitude d'émotions inconnues jusque-là, réalise qu'elle a un corps. Cette découverte est purement sensorielle. Aucune idée, aucun concept de cela. Juste une certitude : ce corps est là, il embrasse la vie, la donne, l'insuffle. Il est d'une puissance vertigineuse. Ce corps toujours nié, uniquement utilisé pour les corvées de la vie courante – souvent celles des autres –, prend une dimension nouvelle. Céleste, maintenant, peut. Son éducation, sa condition feront qu'elle n'ira pas jusqu'à vouloir. Mais cette force prodigieuse repousse d'infranchissables limites, comme celle d'aller, sans trembler, chercher l'enfant dans la chambre de madame, pour qu'il passe la nuit près d'elle.

Cette journée-là, Victoire est volubile. Heureuse qu'Adrien soit enfin raisonnable, elle joue du piano, passe d'un endroit à l'autre en sautillant. Sa voix tendue, trop haut perchée depuis l'arrivée de l'enfant, ne cesse d'interpeller Huguette. Elle veut reprendre des cours. Elle n'avait jamais réalisé combien elle était douée. Oui, reprendre des cours afin de s'éblouir soi-même et les autres, de s'enivrer de notes. Ils seront tous si fiers d'elle ! Elle pourrait aussi faire salon un après-midi par semaine et convier des amis musiciens à déchiffrer de la musique de chambre. Mon Dieu, quel bonheur ! Un trio de Schubert. Pourquoi n'y a-t-elle pas pensé avant ? Elle choisirait le jeudi comme le faisait sa mère, et la demeure deviendrait le haut lieu de la culture de Saint-Ferreux. Adrien, en grandissant, serait émerveillé par ce beau monde.

Elle retrouve Anselme le midi et lui en parle. Il s'enthousiasme aussi. Toujours heureux de voir sa femme contente, qu'elle sorte un peu de cet état qui navigue entre mélancolie et hystérie. Il a lu dernièrement un article décrivant l'hystérie féminine. Il a eu peur, il a cru lire le portrait de Victoire. Les femmes vivent dans un monde si étrange, si peu compréhensible. Toujours changeant. Il se perd à tenter de la suivre. Mais, quand elle est gaie, il ne manque jamais de la soutenir :

« Oui, ma chérie, ton idée est excellente. Fais ce qu'il te plaît ! »

Sous-entendu : trouve ta joie comme tu le souhaites, tant que tu restes dans la bienséance exigée par notre milieu. Inconsciemment, Anselme sent chez sa femme un caractère volcanique, une explosion possible, qui pourrait les livrer au scandale. Même si elle s'est toujours comportée de manière exemplaire, il a ce sentiment sous-jacent, qu'il tente de dompter en la réconfortant sans cesse. Cette hystérie sera parfaitement matée par la maternité, se dit-il. Car tout est là : une femme et son enfant, l'épanouissement et l'accomplissement. Un vide comblé.

Jusqu'au soir, immobile dans son couffin, Adrien n'a pas ouvert l'œil. Huguette insiste auprès de madame pour le nourrir, mais Victoire ne veut rien entendre.

« Laissez-le tranquille ! » a-t-elle dit en allant se coucher.

La maison est calme. La nuit se pose sur chacun d'eux. Victoire s'est endormie, heureuse de son idée de salon, pleine de notes grisantes. Huguette et Pierre ont rejoint leur maison au fond du jardin. Anselme, allongé sur son lit de camp, songe qu'il pourra bientôt retourner à l'étage, dans le bureau attenant à la chambre conjugale, dont le couchage est tout de même plus confortable que celui-ci.

Il n'y a que Céleste qui veille. Elle attend que la lune soit bien haute. Alors, elle descendra. Elle ne pense à rien d'autre, qu'aux minutes qui passent. Elle est patiente, déterminée.

Le moment venu, lorsque la lune vient toucher le haut de l'arbre, elle ouvre sa porte tout doucement, marche sur la pointe des pieds, descend les escaliers, les tapis du couloir amortissent ses pas. Elle tourne lentement la poignée de la chambre de madame. Aucun bruit à l'intérieur, à part la respiration lente et profonde de Victoire. Céleste s'approche du couffin. Adrien ne bouge pas, mais, dans l'obscurité, ouvre grand ses yeux. Sa chair est prise d'espoir.

Céleste referme la porte derrière eux. La respiration de Victoire ne s'est pas altérée. Elle monte prestement dans sa chambre. Aussitôt arrivée, elle éteint la flamme de sa lampe et se déshabille. Céleste a posé délicatement Adrien sur son lit. Les yeux écarquillés, l'enfant attend. Quand elle est entièrement nue, elle défait ses langes. Et, lorsqu'il est tel qu'au premier jour, elle se couche et colle son petit corps contre le sien. Ils se reconnaissent immédiatement, les bras d'Adrien s'agitent. Tout son derme s'accroche à elle et, de ce plaisir immense, inespéré, jaillit un halètement doux. Un souffle nouveau qui sort l'enfant de son engourdissement. Peau contre peau, ils se retrouvent.

Victoire se réveille. La chambre est différente. Quelque chose dans son sommeil l'a alertée. Elle allume, le couffin a disparu. Elle se lève. Où est-il ? Ses pas la mènent directement à la chambre de Céleste, et quand, à la lumière vacillante de sa lampe, elle découvre Céleste et Adrien enlacés, sans hésitation, elle se déshabille aussi. Car sa place est près d'eux, sur ce petit lit de fer où Céleste l'accueille. Et leurs trois peaux ne font qu'une. Les uns contre les autres, s'aimer.

Le petit reste contre la poitrine de Céleste, dans le délice de cette sensation nouvelle, de ce corps offert à l'infini. Ils se tiennent ainsi tous les trois, les corps battants, les cœurs à l'arrêt, s'engouffrant sans hésitation dans ce monde glissant, fiévreux, exaltant, de l'amour.

Si l'enfant, uniquement préoccupé de lui-même et de sa survie, ne réalise pas ce qui se joue à cet instant, Céleste et Victoire, pleines de leurs éducations, de leurs devoirs, de leurs espoirs et de leurs déconvenues, restent paralysées à l'orée de ce monde nouveau. Elles sentent bien, pourtant, que tous les moments précédents, aussi bien plaisants qu'insignifiants, ont tendu vers celui-ci, vers ce maintenant prodigieux, vers ce seuil qu'elles s'apprêtent à franchir, et qui leur offre ce dont elles avaient rêvé.

Cette nuit, sur le seuil du miracle, la fulgurance dure, et elles osent croire qu'elle ne cessera jamais.

L'amour est là où il ne devrait pas être, au deuxième étage de cette maison cossue, protégé par la pierre de tuffeau et ses ardoises trop bien alignées, protégé par cette pensée bourgeoise qui jusque-là les contraignait et qui, maintenant, leur offre un écrin. Point de velours cramoisi, point d'alcôve confortable, mais un lit de fer et une couverture de laine qui leur gratte la peau. L'éblouissement à portée de doigts et de langues.

Elles n'osent pas encore bouger, mais seront bientôt prises de vertige. S'aimer de toutes leurs forces, c'est ce qu'elles feront, nuit après nuit. D'abord sans bouger, de peur de briser ce miracle cutané.

Le rituel sera toujours le même. Quand la lune touchera le haut de l'arbre, Céleste descendra chercher Adrien. Victoire, les yeux clos, la laissera entrer et repartir avec le couffin, puis elle les rejoindra laissant choir, sur le parquet de la chambre de bonne, sa chemise de nuit et son je-ne-sais-quoi de soie. Sur la commode, la lampe restera allumée. Elle voudra voir leurs peaux : celle d'Adrien, celle de Céleste.

Ce premier soir, Victoire s'allonge de profil – tout son corps épouse celui de Céleste, couchée sur le dos, recevant l'enfant. Victoire blottit sa tête dans le cou de la jeune femme, et pose sa main sur son épaule. Tout est incroyablement chaste. Victoire écoute leurs respirations qui se mêlent. Elle est contre ce corps si beau qu'elle a vu dans sa chambre, et puis il y a son odeur, un parfum capiteux et âcre, quelque chose de piquant qui émeut ses narines. La découverte de l'autre.

Céleste sent la fougère, le foin coupé, le vin aigre, la transpiration sous le soleil ardent, la toile de lin rêche, elle s'est imprégnée de l'odeur de ses frères et sœurs serrés contre elle, la nuit. Céleste sent la terre battue et la solitude, toute son enfance, toute son histoire, si loin de celle de Victoire, et maintenant si proche, toute proche.

Victoire ne bouge pas sa main, elle la laisse se gorger de ce corps nouveau. Dans cet éblouissement, elle n'a qu'une pensée : nous sommes enfin vivantes. Et cette réalité prodigieuse la propulse dans le cou de cette femme à un endroit bien précis, derrière l'oreille, sous le lobe gauche, exactement là où la peau se creuse entre nuque et mâchoire. Cet endroit porte un espoir infini, comme une fontaine de peau méconnue des autres, qu'elle vient de découvrir et qui lui ouvre un monde lumineux.

Céleste est vivante et je l'entends respirer. Dans le creux de sa peau, je suis tout entière.

Aux premières lueurs du jour, Victoire se lève, et reprend le couffin. Dans l'apesanteur de ce bonheur, elle murmure :

« Nous nous retrouverons chaque nuit.

— Bien, madame.

— La nuit, il n'y a pas de madame, pas de Victoire, il n'y a que toi et moi… »

Quand Huguette, le même matin, porte le petit déjeuner de madame, Adrien a les yeux grand ouverts dans son couffin. Victoire respire la pochette de lavande qu'elle tient serrée dans sa main.

Huguette pose le plateau sur le lit, puis ouvre volets et rideaux :

« Un beau soleil d'hiver aujourd'hui, madame ! » – elle poursuit après avoir refermé le battant de la fenêtre :

« Monsieur est à son étude.

— N'est-ce pas ainsi tous les jours, Huguette ? »

Victoire éclate de rire en disant cela. La bonne rit à son tour. La joie semble contagieuse. Huguette se penche sur le couffin :

« Mais tu es bien matinal ! »

Sa phrase à peine finie, des cris tonitruants s'échappent du nourrisson devenu tout rouge.

« Oui, Huguette, et je crois qu'il a très faim. Donnez-lui son biberon.

— Le lait frais vient juste d'arriver, je vais le chercher.

— Non, donnez-lui à manger dans la cuisine. Je vais me reposer encore un peu.

— Très bien, madame. »

Huguette ressort aussitôt avec le couffin. Dans le couloir, elle murmure :

« Tu as repris du poil de la bête, mon petit. C'est bien ! »

Victoire entend les cris de l'enfant s'éloigner.

Se prélasser encore un peu et repenser à cette nuit. S'étirer en se souvenant d'elle. Victoire ne peut s'empêcher de sourire. Être près de toi, te respirer. Elle reprend dans sa main le petit pochon de lavande, dont la senteur est certes éloignée de celle de la nuit passée, mais qui la replonge, par un fait mystérieux d'osmose, dans cette félicité nouvelle.

Céleste est dans la cuisine quand Huguette entre avec le couffin :

« Tu as vu comme Adrien a faim ce matin ! »

Aussitôt le biberon rempli, Huguette le prend dans ses bras et le nourrit. Céleste s'assoit en face d'eux et les regarde. *Mon enfant reprend des forces.* Adrien boit goulûment. Les deux femmes s'extasient :

« Tu sais qu'à la ferme d'Eaubonnes, il y avait un petit gars qui se buvait ses deux litres de lait par jour ! »

Céleste n'en croit pas ses oreilles :

« Ah bon ! Et ça le rendait pas malade ?

— Penses-tu ! Si tu voyais le gaillard que c'est aujourd'hui ! »

Huguette observe Céleste qui regarde l'enfant :

« Tu veux le prendre dans tes bras ?

— Non, je ne préfère pas.

— Tu es courageuse, je sais pas si j'aurais pu… »

Les yeux d'Huguette se remplissent de larmes. Céleste lui sourit avant de lui répondre doucement :

« C'est vous qui m'avez dit de garder la tête haute, non ? Et puis, qu'est-ce que j'aurais pu faire d'autre ? Monsieur et madame vont lui offrir un bel avenir. J'en suis sûre. Avec moi, il aurait juste traîné dans la boue. »

Elle prend son temps avant de poursuivre :

« Finalement, il a de la chance cet enfant.

— Tu as raison, mais quand même, je crois pas que j'aurais pu… »

Adrien, plein de lait, s'endort dans les bras potelés d'Huguette.

Dans l'après-midi, Victoire a une visite. Jusque-là, elle n'avait reçu personne. Elle joue du piano, le couffin près des pédales, lorsque Sarah entre dans la bibliothèque :

« Mais vous allez le rendre sourd, le pauvre petit ! »

Dieu, qu'elle est bête, cette Odette ! pense Victoire en se levant de son tabouret pour l'accueillir.

« Ma chère Sarah, comment allez-vous ? Quel plaisir de vous voir ! Et, je vous rassure tout de suite, Adrien adore le piano ! »

Huguette s'est discrètement postée près de la porte. Victoire s'adresse à elle :

« Du thé, s'il vous plaît, et vos délicieuses madeleines, bien entendu… »

Les deux amies s'installent confortablement.

« Eh bien, vous avez l'air très en forme pour une jeune parturiente ! »

Elles rient toutes les deux. Sarah poursuit :

« Qu'est-ce que vous avez bien fait de prendre cet enfant ! »

Victoire rectifie :

« On ne l'a pas pris, on l'a adopté. Et puis, vous êtes les seuls à savoir…

— Oui, c'est vrai. Ne vous inquiétez pas, vous pouvez compter sur notre discrétion. Mais, quoi qu'il en soit, vous avez bien fait d'éviter tous les tracas de la grossesse. Vous ne pouvez pas imaginer comme j'ai détesté être enceinte ! Les nausées, la fatigue, et puis être grosse, tellement grosse… Regardez-vous ! Vous avez accouché il y a quinze jours et vous êtes toujours aussi mince ! »

Elles éclatent à nouveau de rire.

La nuit suivante, Céleste s'est couchée le plus tard possible. Elle est restée longtemps dans la cuisine, à briquer tout ce qui lui passait sous la main. Quand, vers dix heures du soir, elle a commencé à récurer la cuisinière, Huguette, éberluée, lui a demandé quelle mouche l'avait piquée. « Ça me fait du bien », lui a répondu Céleste sans même la regarder. Huguette est alors partie, les journées lui semblaient déjà assez longues pour ne pas avoir à en rajouter.

Deux heures plus tard, la cuisine est plus que propre, et Céleste monte dans sa chambre. Elle n'a plus très longtemps à attendre. Elle se déshabille, plie méticuleusement son tablier et sa robe, qu'elle pose sur le dossier de sa chaise. Debout au milieu de la pièce, elle caresse son corps. Sa main, qui, quelques instants auparavant, grattait la fonte de la cuisinière, maintenant se promène doucement sur sa peau. Elle n'a jamais pris le temps de se toucher ou, si elle l'a fait, c'était au hasard d'un geste, en se lavant, sans le vouloir véritablement.

De l'amour, elle ne connaît que les assauts brefs et violents d'Anselme. À chaque fois qu'il la prenait, son esprit, dans une prouesse vertigineuse, la menait loin de sa peur et de leurs corps se débattant dans ce désir absurde. La première fois, Céleste a eu si mal que sa conscience s'est arrêtée là. Elle n'a pas compris ce qui se passait. Des images floues de chevaux en érection lui revenaient en mémoire. Le bout rose et tendu des sexes des chiens de la ferme aussi. Ses frères et sœurs riaient de voir l'excitation des animaux mais, dans leurs rires, il y avait une nervosité, une brèche discrète, qui les troublait, les réjouissait.

Des accouplements, Céleste en a vu et, pourtant, elle fait à peine le lien avec les visites d'Anselme. L'amour manquant, la tendresse inexistante, deux corps qui se pénètrent sans que leurs esprits s'attachent. Pour toutes ces raisons, Céleste ne s'est presque pas souciée de sa grossesse, elle n'est devenue réelle que lorsque d'autres se sont engagés à élever son enfant. Elle insiste sur « son ». Car elle l'a porté, et sa chair l'aime d'une certaine manière, mais elle pressent qu'il sera à jamais lié aux images passées, aux images tristes, des chiens, des chevaux, du lit de fer, de l'angoisse qui la prenait au ventre lorsqu'elle entendait les pas lourds d'Anselme s'approcher.

Victoire, hier, n'a fait aucun bruit. Elle a ouvert délicatement la porte, et s'est déshabillée prestement. Pour la première fois de sa vie, Céleste a vu un être se mettre à sa hauteur, aussi minuscule soit-elle. Elle ne s'est jamais sentie plus grande qu'une fougère – elle pourrait se cacher derrière une souche de la clairière et personne ne s'apercevrait de son absence, elle pourrait y mourir, ce serait de même. Hier, dans le simple geste d'une main posée sur son épaule, son corps a enfin grandi, il existe, il s'est lié à un autre. Et ce monde, dans lequel elle a jusqu'ici avancé aveuglément, résignée, opinant à tout sans la moindre résistance, prend une teinte nouvelle, brûlante. Ce simple geste l'a rendue vivante.

Céleste caresse son ventre. Il est d'une douceur inattendue. Le fin duvet qui le recouvre fait que sa main entière glisse, se faufile. Elle continue son chemin de volupté vers son sexe. Céleste n'a jamais exploré plus loin. Enfant, en se contorsionnant, elle avait essayé de regarder. Ses sœurs, lors de leurs jeux d'été, après les baignades dans la rivière, lui avaient montré en riant la fente rose, imberbe, à l'intersection de leurs jambes. Céleste avait trouvé cela fascinant et mystérieux. Mais l'insouciance de son enfance est bien loin maintenant. Et ce que sa main découvre, cette nuit-là, est une chair humide et chaude dont l'excroissance grossit sous ses doigts.

Sainte Marie, mère du monde, protégez-moi.

Céleste ferme les yeux, la joie à portée de main, mais elle ne va pas plus loin. Elle attend Victoire. De la perception encore confuse d'être en vie naît un désir profond, pressant.

Elle s'allonge sur son lit. Le ciel est couvert, elle ne voit pas la lune, mais l'arbre est là. Dans une heure, le temps sera venu. Poser l'enfant sur elle, laisser Victoire se glisser à ses côtés. Respirer ensemble. Ne rien dire, et prier longtemps pour que cela dure toujours.

Le lendemain matin, Anselme se réveille tôt. Depuis plusieurs jours déjà, il attend ce dimanche où il échappera à la messe pour aller à la chasse avec Pierre. Ils partiront à cheval vers le bois de Saint-Ferreux traversé par le Cher, ils y trouveront toutes sortes d'animaux à plumes, peut-être un sanglier ou même une biche. Le trophée n'est pas ce qui lui plaît le plus dans la chasse, c'est surtout sa préparation, la meute qui les suit, le chemin, et puis l'exaltation à voir l'animal apeuré qui les fuit. Il aime aussi, au petit matin, voir la nature s'éveiller pour profiter du splendide spectacle de ses couleurs changeantes. Se sentir à la fois animal, parce que sa peau frissonne à l'aube de ce jour nouveau, et homme, à pouvoir s'extasier de la beauté environnante. D'ailleurs, tous les chasseurs le disent, s'ils sont là le fusil à la main dans cette nature foisonnante, c'est parce qu'ils l'aiment par-dessus tout.

Il y a autre chose qui émeut Anselme, c'est que son père était un excellent cavalier. À la guerre, il faisait d'ailleurs partie de la division de cavalerie, on lui a toujours dit qu'il était un écuyer hors pair. Quand

Anselme part à la chasse, il lui semble se rapprocher de ce père disparu et aimé, inégalé surtout. Les discours pompeux de sa mère, l'éloge incessant qu'elle en faisait, ont laissé une trace indélébile dans l'esprit de l'enfant, de celle qui anéantit toute tentative ambitieuse. Il a suivi cette ombre paternelle qui planait, qu'il savait ne jamais pouvoir atteindre, mais qu'il pensait pouvoir dignement imiter.

Anselme dort toujours sur son lit de camp. Les ressorts sont usés et il a mal au dos. Il a déjà pensé à rejoindre son bureau à l'étage, il ne l'a pas encore fait. J'expie ma faute, se dit-il. Non pas celle d'avoir engrossé Céleste, mais celle de ne pas avoir révélé sa supposée stérilité à Victoire. Et pourtant, je suis le père d'un petit gaillard, d'un Boisvaillant qui prendra la relève. Pour l'instant, il n'a pas encore vraiment pu approcher l'enfant. La jalousie maladive de Victoire, ses dossiers accaparants, et une certaine timidité, l'en ont empêché. C'est une affaire de bonnes femmes, se rassure-t-il, quand il marchera et parlera, je serai là pour lui.

Dans l'après-midi, en passant près du salon, il a entendu les notes de piano et vu Victoire de dos, ses bras s'élançant dans des mouvements énergiques, et le petit en dessous, pris dans cette tempête furieuse de notes. Anselme a reparlé de son idée de portrait, mais Victoire lui a rétorqué un «non» intransigeant. Pour le convaincre, elle a ajouté, interrompant quelques instants sa sonate de Mozart, que «les portraits peints sont pour les vieux. Moi, je veux une photographie avec Adrien, avec toi aussi. Comme ça, il aura l'image d'une famille unie, d'une famille moderne. N'est-ce pas ce que nous sommes ? ». Elle n'a pas attendu la réponse d'Anselme, et s'est aussitôt replongée dans le flot de doubles croches qui, depuis la naissance d'Adrien, la comble plus que tout autre chose. Anselme est reparti en se disant qu'il ne comprendrait jamais rien à cette femme qu'il avait épousée, qu'elle lui échappait complètement.

Quand il arrive à l'écurie, Pierre est déjà là.

« Bonjour », dit-il en entrant.

Les chevaux sont beaux, sellés, brossés, les muscles fringants, les nasaux fumants. Les chiens courent dans tous les sens. Les deux hommes, le fusil à l'épaule, quittent le domaine, suivis de la meute. Ils trottent le long du Cher avant de s'enfoncer dans le bois. La brume qui recouvre tout le paysage leur laisse peu d'espoir d'abattre une bête. Mais ils sont là pour d'autres raisons. Anselme pour chevaucher près de Pierre, pour avoir l'occasion de parler, avec l'espoir, malgré l'infirmité de son compagnon, d'être compris. Et Pierre pour l'excitation qu'éprouve son épiderme à être à cheval à l'aube. Une excitation qui le projette en pleine guerre. Ce conflit qu'il hait au plus profond de lui-même, qui lui a fait croiser la mort à chaque instant, qui l'a forcé à toutes les humiliations, les subordinations, et qui, pourtant, l'a aussi lié à d'autres, à ces hommes avec qui il a ressenti des émotions collectives intenses, à jamais gravées dans la mémoire de son corps, comme celle de la peur avant l'assaut, comme celle de la joie à se retrouver vivants ensemble, à rire aux éclats, à danser, à hurler qu'on lui a fait un beau pied de nez, à la mort, qu'elle ne nous a pas eus, pas cette fois-ci en tout cas.

La guerre rapproche terriblement. C'est là qu'on se dit des choses qu'on ne se dirait jamais en temps de paix, de ces secrets qui ne se dévoilent pas – comme l'a fait le père d'Anselme près d'un feu de camp, lors d'une soûlerie méticuleuse qui vous laisse les boyaux retournés et l'âme déchirée.

Les nuits passent dans une immobilité singulière, au rythme de la lune qui se perche sur l'arbre. Adrien grandit, boit, mange comme il se doit. Sa vie n'est plus en danger, mais les femmes continuent de se retrouver. L'enfant n'est à présent plus qu'un prétexte à leurs rencontres nocturnes.

Un soir, alors que Céleste vient de poser Adrien dans son couffin et qu'elle a repris sa place dans le petit lit, Victoire brise le silence, lourd de tendresse et de peurs :

« Ta peau, sa douceur, je ne sais pas par où commencer… »

Alors Céleste, dans un geste sans équivoque, pose la main de Victoire sur son sein. Ce geste scelle leur amour.

Victoire touche le sein, et la peau prend vie sous ses doigts, elle se hérisse. Le téton, que le froid de la chambre avait déjà saisi, se gonfle, et Victoire ne peut s'empêcher de le prendre doucement dans sa bouche. Dans ce sein, sous ce sein, se cache un cœur battant. Victoire l'écoute. Elle longe, contourne, mordille cette extrémité bienheureuse, qui s'érige sous sa langue.

Céleste, le souffle court, est médusée par le plaisir qui surgit. Elle s'ouvre, s'écartèle.

Comment se fait-il que je n'aie jamais su ? Comment se fait-il qu'elle sache ?

Victoire devine, sent ce corps sans se tromper. Il y a une certitude en elle qui la devance. Elle suit son instinct sans hésiter.

La respiration de Céleste s'accélère. De heurtée, elle se fait plus profonde. La main de Victoire parcourt maintenant son ventre. Cette main, soudain immense, recouvre son épiderme entier. S'y soumettre sans qu'aucune parcelle d'elle y résiste. Le désir est là, les subjuguant l'une et l'autre. Jamais elles n'auraient imaginé que leurs corps étaient capables d'un tel abandon, de ceux qui vous lient, vous inondent.

Victoire, je n'ai jamais osé prononcer ton nom. Tu m'as dit de t'appeler « toi », mais je ne sais pas, je ne veux pas... Victoire, ta main sur mon ventre me brûle, j'ai l'impression qu'elle pénètre au plus profond de mon corps...

Les soupirs de Céleste rythment sa pensée.

La main de Victoire poursuit son exploration vers un but bien précis : le sexe de Céleste. Elle se souvient de sa vision dans le miroir, de l'aversion qu'elle avait ressentie pour le sien. Victoire se souvient aussi de l'avoir vue nue dans sa chambre, tentant de se cacher avec le corset. Cette image la hante souvent. Comme elle l'avait trouvée belle ! Les premiers soirs, elle avait voulu se fondre en Céleste, sentir leur amour naissant sans mots, sans gestes. Mais, maintenant, ce sexe est là, près d'elle, contre elle.

Pendant de longues nuits, elles se sont regardées si fort, se découvrant dans les moindres détails, que lorsque leurs doigts et leurs langues se délient enfin, elles se connaissent parfaitement.

« Mon cœur a glissé dans ton corps. Je te touche et c'est moi que je caresse », lui murmure Victoire quand elle la pénètre de ses doigts.

Un son rauque sort de la gorge de Céleste, celui du plaisir agrippé.

Victoire, continue. Que ta main ne cesse jamais son aventure. Cherche plus loin encore, la vie est cachée là, dans les plis et les replis.

En pénétrant Céleste, Victoire laisse entrer à sa suite, le temps, les nuits et les jours, le cortège de l'éternité.

Les deux femmes plongent l'une en l'autre, éberluées d'aimer. Ce lien qui unit maintenant leurs corps brise en un instant l'interdit de leur amour et des conventions sociales. Toutes ces épaisseurs inutiles qui, lorsqu'elles sont nues, restent cousues à leurs habits.

Victoire est bouleversée par la douceur de Céleste. Une douceur moite dans laquelle elle peut entrer et sortir à sa guise.

« Je n'ai jamais rien touché, rien vu d'aussi doux… Céleste, je t'aime. »

En disant cela, tout le corps de Victoire a tremblé, comme foudroyé par cette vérité. L'amour est là, ici, avec elles.

Et la beauté de ces mots, murmurés à l'abri du sommeil de la maison bourgeoise, offre à Céleste l'audace de se relever, de délicatement allonger Victoire sur le dos, et de plonger la bouche la première dans son sexe jusqu'à plus soif, jusqu'à l'entendre crier sa joie.

Chaque soir, elles s'aiment sans relâche, sans peur. Leurs corps, après des années d'inexistence, s'étirent et se déploient. Elles vibrent ensemble, dans un unisson qui les mène au bout d'elles-mêmes, dans un lieu si profond qu'elles s'y perdent chaque soir, et s'y retrouvent sans cesse.

Peu de mots entre elles. Victoire est la plus volubile. Son ascendant social lui donne cette liberté. Céleste ne prie plus, met Dieu de côté. Elle vit dans une euphorie permanente, malgré le peu d'heures de sommeil, malgré les journées harassantes, elle traverse le temps en courant sur la pointe des pieds, l'esprit uniquement préoccupé de celle qu'elle nomme parfois : « ma Victoire ». Sa belle Victoire.

Victoire, en aimant chaque nuit Céleste, en étant aimée d'elle si follement, commence à chérir ce corps qu'elle croyait inutile. Elle ose se regarder nue, et il se révèle à elle. Elle n'a plus peur de cette image jadis morcelée. Elle devient une. L'amour lui a soudain donné une identité propre. Jusque-là, elle n'avait fait que se mouvoir à tâtons, aveugle aux autres et à elle-même. Céleste, en la caressant, a défini les frontières de son corps. Elle les a modelées, pétries, chéries, embrassées, léchées, lui indiquant ainsi l'infime espace entre elle et le monde.

Chaque matin, Victoire regarde son sexe, effleure ses poils avec une indulgence nouvelle. Elle pense à la joie que lui donne Céleste, à ces cris qui sortent de son corps malgré elle, à cette vie insensée qui fourmille sous sa peau. Toutes ces années à avoir été bâillonnée. Et puis, là, cette jouissance à portée de bouche, chaque nuit renouvelée. Du revers de sa main, Victoire caresse ses cuisses, puis soupèse ses seins. Elle sourit, se sent belle, enfin. Elle met une robe de chambre et sonne Huguette. La bonne frappe bientôt à la porte.

« Huguette, j'ai une folle idée aujourd'hui ! Allez demander à Pierre s'il n'a pas des herbes à brûler ou du bois bien sec. Nous allons faire un grand feu dans le jardin !

— Ah bon ? »

Huguette ne sait quoi répondre. L'excitation qu'elle perçoit dans la voix de madame l'inquiète.

« Je bois mon thé, puis vous viendrez m'habiller et nous retrouverons Pierre en bas.

— Très bien, madame. »

Au moment où Huguette s'apprête à refermer la porte, Victoire l'interpelle :

« Et dites à Céleste que je veux la voir maintenant, s'il vous plaît. »

Huguette s'arrête net :

« Elle a fait quelque chose de mal ? »

Madame et Céleste ne se voient jamais en dehors

de sa présence. Tous les ordres sont validés par elle. Victoire voit le corps d'Huguette se raidir.

« Ne vous inquiétez pas, c'est à propos d'un cadeau que je voudrais lui offrir. Vous comprenez, après ce qu'elle a fait pour nous… »

Le corps de la bonne se détend et, sans se retourner, elle ferme la porte en disant :

« C'est plutôt elle qui devrait vous remercier. Je vais la chercher et je vous l'envoie tout de suite. »

Quelques minutes plus tard, Céleste frappe doucement à la porte. Elle n'ose pas franchir le seuil.

« Voyons, ne fais pas de manière, entre ! »

Céleste regarde à droite et à gauche avant de refermer la porte derrière elle pour vérifier que personne n'a entendu le ton familier avec lequel Victoire lui a parlé. Elle est intimidée par cette intimité diurne et Victoire éclate de rire.

« Mon Dieu, tu es toute rouge ! Tu es gênée, c'est ça ? Eh bien moi, pas du tout, figure-toi ! Et aujourd'hui, j'ai eu une idée qui va beaucoup te plaire ! J'ai décidé de brûler tous mes corsets ! J'en ai marre de ces lacets, j'en ai marre de devoir demander à Huguette de m'aider. Tu te rends compte qu'à vingt-quatre ans je ne me suis jamais habillée seule ? »

Céleste, interloquée, marmonne :

« C'est vrai que c'est fou…

— Allez, viens m'aider, on va les sortir des boîtes. Je n'ai pas besoin de te montrer où ils sont rangés, je crois… »

Céleste rougit à nouveau.

« Je te taquine… Je t'ai fait venir pour autre chose…

J'ai un service à te demander. Enfin, *service* n'est pas le bon mot… »

Victoire la fixe droit dans les yeux, avant de poursuivre : « Un plaisir, plutôt… »

Après un long silence, Victoire murmure : « Je voudrais que tu te déshabilles et qu'une dernière fois tu mettes le corset. Juste pour moi…

— Mais, madame, si quelqu'un arrive ! »

Victoire a déjà fermé la porte à clé. Elle s'appuie sur le battant comme lorsqu'elle l'avait surprise :

« Allez, déshabille-toi et mets celui posé sur le lit… »

Quelques instants plus tard, Céleste parade nue, tout juste vêtue du corset que Victoire lui a soigneusement lacé dans le dos.

« Comme tu es belle, Céleste… La première fois, tu l'étais déjà mais, maintenant que je te connais, tu l'es plus encore. »

Dans le jardin, ils sont tous là, sauf Anselme qui travaille. Un peu en retrait, loin des parterres de fleurs, ils ont mis des planchettes que Pierre a trouvées. Les boîtes des corsets ont servi d'allume-feu, il y a aussi des brindilles, de vieux papiers gardés depuis trop longtemps, les journaux qui se sont entassés tout l'hiver.

C'est un feu de joie, ils sont tous excités de voir les flammes s'élever. Même Huguette, qui avait du mal à cacher son désaccord tant cette idée lui paraissait saugrenue, se prend à sourire. C'est la première à applaudir lorsque Victoire, dans un geste énergique, lance un corset dans le feu.

« Ah vraiment, bravo, madame ! Vous faites bien. Vous allez enfin pouvoir respirer !

— Et je vais surtout pouvoir m'habiller toute seule ! »

Pierre observe Victoire. Il réalise que cette femme si élégante qui, d'une certaine manière, régit leurs vies est à la merci des mains de sa femme. Comme une enfant, chaque matin, elle a besoin d'elle pour se vêtir. Leurs existences à tous sont finalement étrangement imbriquées, c'est ce qu'il comprend tandis qu'elle jette un deuxième corset dans un grand éclat de rire. Ils sont tous dépendants les uns des autres, chacun à sa manière, liés aux us et coutumes, liés à leur rang social. Et, maintenant qu'elle peut s'habiller seule, se libérera-t-elle de l'emprise d'Huguette ? Comme cet univers féminin est loin du sien ! Lui qui aime la senteur du cuir, les silences, la nature dans ce qu'elle a de plus sauvage et de cru. Tous ces froufrous, je m'en fous, conclut-il.

Huguette, Céleste et Victoire se sont prises par la main et dansent autour des flammes. Elles chantent en riant :

« Au feu, les pompiers, y a mon corset qui brûle ! Au feu, les pompiers, y a mon corset brûlé ! »

Anselme, alerté par le tapage, est bientôt près d'eux. Il a gardé sa plume à la main :

« Mon Dieu, que se passe-t-il ici ? Je vous entends depuis l'étude. Je croyais que quelqu'un s'était blessé !

— Non, c'est juste que j'ai décidé de brûler tous mes corsets ! Et regarde comme ils brûlent bien ! »

Anselme semble complètement pris au dépourvu par l'extravagance de sa femme. Son arrivée brise l'euphorie dans laquelle ils étaient. Ils regardent maintenant, bras ballants, le dernier corset se consumer.

Victoire rompt le silence en remerciant Huguette, Céleste et Pierre de leur aide. Elle leur dit de retourner à leurs tâches et s'excuse de les avoir ainsi dérangés. Une fois qu'ils se sont tous éloignés, elle se retrouve seule avec Anselme et poursuit :

« Ça me serrait, tu ne peux pas imaginer ! Te souviens-tu de la robe d'Odette quand ils sont venus dîner, il y a quelques mois ?

— Non, pas du tout ! Et pourquoi voudrais-tu que je me souvienne de sa robe ?

— Parce qu'elle ne portait pas de corset et que sa robe était splendide. Un modèle de Poiret. »

Victoire ment sciemment. Elle ne veut pas une copie faite par la petite couturière tourangelle. Elle en veut une vraie.

« Et alors ? lui répond mollement Anselme.

— Et alors, j'en voudrais une aussi ! »

Victoire sent bien que cet argument ne suffira pas. Quelques instants elle cherche, puis en trouve un imparable, lui semble-t-il :

« Tu sais, pour ce portrait, cette photographie que nous allons faire. Je voudrais porter une robe comme celle-là, sans corset. Je voudrais qu'Adrien se souvienne de moi comme d'une femme moderne. » Puis, tout bas, elle ajoute :

« Comme d'une femme libre… »

Anselme la regarde, les yeux ronds :

« Une femme libre ? Mais, ma chérie, ne l'es-tu pas déjà ? Ta liberté tient-elle à une robe ?

— Anselme, il y a des choses que tu ne peux pas comprendre… »

Il hausse les épaules :

« Écoute, fais ce que tu veux. Si ça te rend heureuse, c'est tout ce qui compte pour moi… Mais *libre*… vraiment, je ne comprends pas… »

Victoire lui prend le bras et ils traversent le jardin en direction de la maison. En bas du perron, elle lui dit, après avoir déposé un baiser sur sa joue :

«J'organiserai mon voyage à Paris la semaine prochaine.

— Ton voyage à Paris ! Quel voyage à Paris ?

— Eh bien, pour la robe ! Le couturier est à Paris. J'irai la semaine prochaine.»

Elle grimpe les marches d'un pas léger, laissant le notaire abasourdi. Comment se fait-il qu'à chaque fois que l'on se parle je n'y comprenne rien ? Mes tracasseries notariales sont des broutilles à côté de ces histoires de mode… Et il retourne d'un pas lent à son étude.

Victoire est heureuse et s'en va jouer du piano. Le petit Adrien, couché dans son berceau, a le sourire aux lèvres. Ma vie commence d'être tout juste parfaite, se dit-elle.

Lorsque Victoire s'assied à son piano ce jour-là, elle se demande : Céleste, où trouves-tu cette force qui nous fait vivre, Adrien et moi ? Quelle sorte de femme es-tu pour donner tout, et plus encore ?

Victoire progresse. Elle n'a pas pris de cours, mais son obstination assidue et ses heures à s'exercer font qu'elle a osé sortir de sa bibliothèque la partition des sonates de Beethoven. Son professeur la lui montrait jadis. Il la pointait du doigt en lui disant, d'un œil sévère : « Le Graal, ma petite, le Graal ! » Et, finalement, elle l'a trouvé son Graal – ni sur les touches noires, ni sur les touches blanches, mais en haut, sur le petit lit de fer, entre les bras de Céleste. Son Graal à elle.

Elle a pris fermement la partition et l'a ouverte, il y a quelques jours de cela. Elle a dû forcer un peu les pages pour pouvoir la poser bien à plat sur le pupitre. Et elle a regardé les notes longtemps, très longtemps, sans poser un seul doigt sur les touches. Trois jours durant, elle s'est assise sur le tabouret, à déchiffrer, à laisser ses mains courir sur ses cuisses, à sentir les doigts bouger dans son esprit. Laisser la musique l'envahir. Passer des heures à regarder le premier mouvement. Se dire qu'il est l'hommage absolu à ce qu'elle ressent. Son professeur, dans une intuition sidérante, le lui disait déjà lorsqu'elle était adolescente.

Victoire ne touche pas son piano, mais elle vibre au son de la sonate écrite pour elles deux, celle *Au clair de lune*. Alors, oui, le Graal est là, à portée de mains. Cette sonate, ce mouvement, elle va le jouer aujourd'hui, maintenant. Caresser les touches, et se lancer dans le flot incessant, soutenu, inépuisable de triolets. Beethoven la guide par ces mots posés audessus de la première portée : *Si deve suonare tutto questo pezzo delicatissimamente e senza sordino.* Oui, ce morceau a été écrit pour elles, une délicatesse infinie, sans sourdine. Plus exactement pour eux trois. Les trois croches du triolet sont liées ensemble, chacune découlant de l'autre. Victoire, Céleste et Adrien.

Adrien sans qui Céleste et Victoire ne se seraient pas aimées. Adrien qui, durant toutes les heures où elle a pianoté sur ses cuisses le premier mouvement, s'est tu. Concentré autant qu'elle. L'observant depuis son panier d'osier posé sur le tapis persan. Il la voit bouger sur son tabouret au rythme de sa musique intérieure. Et aujourd'hui, il la voit qui lève les bras. Elle est prête à jouer chaque note. Une à une apprises les jours précédents, une à une ressenties. Elles sont là, toutes au bout de ses doigts, au clair de cette lune qui les illuminera ce soir encore. Tous les trois, triolets d'une histoire miraculeuse.

Huguette, saisie par la beauté de cette musique, reste sur le pas de la porte avec son plateau. Elle écoute et, surtout, elle remarque la gravité du visage de Victoire, complètement absorbée par la délicatesse avec laquelle les notes sortent de ses mains. Poser doucement la pulpe de ses doigts sur la touche, appuyer juste ce qu'il faut pour en avoir l'âme blessée. Juste assez pour, en plein jour et à l'intérieur de soi, ouvrir la porte de la chambre de Céleste, assez pour écouter le piano égrener leur histoire, les devancer, assez pour s'émouvoir d'avoir une âme si sensible, une âme qu'elle découvre à peine. Se laisser porter par le flot des triolets. Ces notes enfermées dans une partition depuis de si longues années et qui, aujourd'hui, la révèlent profondément.

Huguette observe les gestes détendus des bras, leurs appuis, le pied qui enfonce la pédale, et la musique si belle qui s'élève. Cette musique, qui jusque-là protégeait Victoire, la mène vers Céleste, quand l'heure est aux retrouvailles.

Les notes jaillissent jusqu'au silence final. Les mains de Victoire se figent dans l'air puis, dans un élan nouveau, elle se lève, prend Adrien dans ses bras et, d'un geste lent, le serre contre elle.

Huguette, bouleversée, recule. Les laissant enfin s'embrasser, s'aimer.

Depuis que Victoire s'est mis en tête de faire ce voyage à Paris, elle a tout organisé. Elle a pris rendez-vous chez Poiret. Elle a regardé toutes les revues de mode, elle s'est rendue chez Sarah pour lui demander conseil – en se maudissant à chaque fois, tant son amie n'a eu de cesse de l'humilier quant à son inexpérience. Sarah, dans ses élans de sympathie ambivalents, lui répétait : « Mais que vous arrive-t-il, ma chérie ? Pourquoi cette folie des chiffons tout à coup, alors que vous vous êtes toujours habillée comme au siècle passé ? »

Piquée au vif, Victoire avait failli tout lui raconter : la découverte de son corps, le goût sucré du sexe de Céleste, leurs ébats sans que personne en sache rien. L'envie de lui crier à la figure : « J'aime et j'existe ! Toi, tu ne sais rien et, d'ailleurs, personne ne sait rien ! » Mais l'impossibilité de le faire. Alors, hausser les épaules et sourire. Prendre les renseignements et ne pas oublier qu'aujourd'hui, elle est bien plus heureuse que cette cocotte qui se fait appeler Sarah parce qu'Odette la fait périr d'ennui.

Pour qu'Anselme accepte l'organisation de ce voyage sans lui, Victoire décide de mettre toutes les chances de son côté. Elle prévient Huguette que, ce soir, ils prendront l'apéritif en tête à tête au salon, et qu'il est d'ailleurs temps de rajouter de belles bûches dans la cheminée.

Elle est allée en cuisine vérifier que les petits canapés de rillettes étaient joliment agencés. La bouteille de quarts-de-chaume est ouverte. Victoire s'est maquillée avec soin, n'a pas oublié son collier de perles si chèrement acquis, paraît-il, cadeau d'Anselme pour leurs trois ans de mariage. Mon Dieu, comme j'étais jeune, se dit-elle en le mettant, alors que c'était il y a à peine deux ans…

Quand Anselme rentre après sa journée à l'étude, Huguette le prévient que madame est au salon pour l'apéritif. Sans plus attendre, il la rejoint. Victoire, debout près de la cheminée, joue machinalement avec une petite bergère en porcelaine perdue au milieu d'une foule d'autres bibelots.

« Comme tu es belle, ce soir, Victoire ! »

En minaudant un peu, elle s'approche de lui, et pose un baiser sur sa joue. Il la regarde droit dans les yeux :

« Mon Dieu, j'ai bien peur que tu aies quelque chose à me demander…

— Pas du tout ! Pourquoi dis-tu ça ? »

Victoire fait tinter la clochette. Huguette apparaît aussitôt.

« Apportez-nous l'apéritif, s'il vous plaît.

— Tout de suite, madame. »

Victoire prend son mari par la main :

« Viens donc t'asseoir près de moi pour me raconter ta journée.

— C'est bien la première fois que tu t'intéresses à mes affaires... »

Victoire décide de ne pas relever ce commentaire mal intentionné, elle poursuit son chemin, sûre d'elle :

« Dis-moi où en est la succession Poitevin. Ça semblait mal parti... »

Après s'être confortablement installé, et au deuxième verre de quarts-de-chaume, Anselme a complètement oublié son sarcasme. Il explique, dans les moindres détails, les clauses suspensives, vices de forme, alinéas, de cette succession sur laquelle il travaille depuis le décès de la tante Poitevin, morte sans enfant, dont les neveux s'arrachent la moindre miette.

Victoire le laisse parler, hoche la tête, s'exclame dès qu'elle le juge opportun. Anselme est ravi de pouvoir profiter de l'oreille si attentive de son épouse. L'occasion est rare. Lorsqu'ils trinquent pour la troisième fois, il lui dit en levant son verre bien haut :

« Tu vois, tu es une femme épanouie maintenant ! »

Avec effusion, il poursuit :

« Je sens que tu m'as pardonné. Il faut que tu saches, Victoire, qu'à cet instant précis je suis le plus heureux des hommes.

— Tant mieux, je suis bien heureuse aussi. »

Elle soupire d'aise avant de continuer :

« J'ai tout organisé pour mon voyage. Tu sais, je partirai à peine plus d'une journée. Et je penserai à toi tout le temps, bien sûr... »

Elle baisse la tête dans un mouvement ingénu, et sonne à nouveau la clochette.

« Vous manque-t-il quelque chose, madame ?

— Non, Huguette. Approchez-vous. C'est à propos de mon voyage à Paris. Je pars mercredi prochain. Je serai absente une nuit. Je voudrais que vous gardiez Adrien près de vous, dans votre maison. Afin de ne pas déranger monsieur qui travaille le lendemain.

— Bien entendu, madame.

— Une dernière chose... »

Elle le dit comme si de rien n'était :

« Il va de soi que j'ai besoin d'aide pour porter mes affaires, et je ne peux pas être seule, ce serait mal venu. Prévenez Céleste qu'elle se rendra à Paris avec moi. »

Au petit matin du mercredi suivant, elles sont prêtes. Pierre les amènera à la gare la plus proche pour qu'elles prennent le train jusqu'à Paris. Elles arriveront juste à temps pour le rendez-vous rue Pasquier, chez Paul Poiret.

Ce jour-là, tout est nouveau pour Céleste. Elle ne sait comment se tenir. Dans la calèche, elle s'assoit toute raide, le dos droit, les genoux joints, tous les muscles tendus. Victoire la regarde du coin de l'œil:

« Tout va bien se passer, tu verras… »

Céleste, le visage tourné vers la fenêtre, observe les paysages qui défilent. Victoire se sent obligée de poursuivre:

« Tu ne trouves pas l'odeur de cette calèche délicieuse? Un parfum de cuir, de tabac, je ne sais pas… Quelque chose de réconfortant. Le même effet que lorsqu'on s'installe dans un bon fauteuil après une longue marche… »

Céleste s'est tournée vers elle pendant qu'elle parlait. Elle a brusquement peur de la folie de Victoire. Peur d'elle-même aussi, de ce qu'en diront les autres, de cette ville inconnue vers laquelle elles cheminent. La capitale.

Après un long moment de silence, elle murmure :

« Je crois que je n'ai pas besoin de tout ça...

— Je vois bien que tu es inquiète. »

Victoire prend les mains de Céleste dans les siennes, se veut persuasive :

« Ce sera notre moment. Et puis, j'en ai envie ! »

La folie de leur amour prend soudain Céleste à la gorge :

« Je veux descendre. Maintenant.

— Non, je t'en prie... »

Les sanglots submergent la voix de Victoire :

« Tout cela, j'en ai envie pour toi, avec toi. La robe, cette seule soirée à Paris, c'est pour nous. Pour que nous puissions y repenser sans cesse, pour après...

— Pour après quoi ?

— Pour après. »

Céleste tourne à nouveau son regard vers le paysage. Plus les chevaux avancent, plus il lui sera difficile de descendre. Elle compte les foulées. Dans cinquante, il sera trop tard, pense-t-elle. Dans le silence de la calèche, on n'entend plus que les sabots qui frappent le sol. Quarante-sept, quarante-huit, quarante-neuf...

Elle sourit timidement à Victoire :

« Je reste.

— Merci, merci », lui bredouille Victoire, dans un mélange de joie et de pleurs.

Elles se tiennent par la main et ne se disent plus rien jusqu'à la gare. Une fois arrivées, elles saluent Pierre, qui reviendra les chercher le lendemain, dans l'après-midi.

Quand elles montent toutes les deux dans le wagon de première, Céleste hésite encore à repartir. Victoire a insisté en lui disant : « Mais qu'est-ce que je vais faire toute seule en première et toi en seconde ? Et depuis quand me contredis-tu ? C'est moi qui décide ! »

La colonne vertébrale de Céleste, déjà bien droite dans la calèche, est, à présent, tout à fait rigide. Elle ne décroche pas un mot et reste collée au dossier de velours, alors que les conversations entre les passagères vont bon train. Elle sait que Victoire la taquine en disant haut et fort que, vraiment, les domestiques d'aujourd'hui ne sont plus ce qu'ils étaient ! Et, bien entendu, ces femmes acquiescent, l'une d'entre elles ajoutant : « Comme vous dites ! J'en parlais l'autre jour avec ma mère. Tout ce qui compte de nos jours, c'est l'argent et le temps libre ! Avant, les bonnes nous remerciaient de leur offrir un toit ! Car c'est bien de cela qu'il s'agit. Nous leur offrons un toit, et souvent une famille ! Mais, qu'est-ce que vous voulez, la reconnaissance n'existe plus aujourd'hui… »

Céleste, les bottines serrées l'une contre l'autre et les mains posées sur sa robe sombre, est plus rouge qu'une pivoine. Elle aimerait disparaître complètement dans le dossier de son siège, mais Victoire poursuit :

« Pourtant, moi, j'ai trouvé une perle. Elle est là…, dit-elle en désignant Céleste. Regardez comme elle se tient bien, comme elle est discrète… »

Et ces femmes de s'extasier : « Quelle chance vous avez ! » Le voyage semble aussi court à Victoire qu'interminable pour Céleste.

Le rendez-vous chez Poiret est à la hauteur des espoirs de Victoire. L'accueil, les robes, la beauté, et surtout une certaine idée de la femme. Cette femme moderne dont elle rêve. Aujourd'hui, à Paris, au milieu de la foule anonyme, elle sera l'une d'elles, accompagnée de son amour, Céleste.

Victoire a choisi une robe d'un bleu profond, la taille haute ceinturée de turquoise et le tout surpiqué d'une fine dentelle blanche. La coupe est droite jusqu'aux chevilles. Le modèle lui sied parfaitement, soulignant sa minceur. Les mesures sont prises, elle aura sa robe le mois prochain.

Elles peuvent maintenant aller se reposer à l'hôtel. Victoire a expliqué qu'elle voulait une chambre avec deux lits, qu'elle avait peur, qu'elle ne savait pas dormir seule, qu'en l'absence de son mari sa bonne dormait toujours près d'elle.

Elles ont une nuit devant elles. La plus belle.

« Comme j'ai prévu qu'on aille au restaurant, je t'ai fait agrandir une de mes robes, tu pourras la porter sans corset.

— Mais je n'ai aucune envie d'aller au restaurant ! Je n'y suis jamais allée de ma vie…

— C'est fou, ce que tu peux être rabat-joie ! »

Victoire fouille dans sa valise, elle en sort bientôt une robe de soie mauve. La coupe est discrète, les manches longues, avec un décolleté décent.

« Regarde comme elle est jolie ! »

Céleste hausse les épaules. Victoire poursuit :

« Mais tu boudes ? Tu as l'air d'une petite fille renfrognée ! Tu as peur peut-être ? »

Piquée au vif, Céleste s'empare de la robe.

« Qu'est-ce que tu sais de la peur, toi ? » lui dit-elle droit dans les yeux. Elle est sur le point de lui raconter l'angoisse qui la broyait lorsqu'elle entendait les pas lourds d'Anselme dans le couloir. Elle a aussi envie de lui crier sa solitude à la ferme, la certitude qu'elle a souvent de n'être rien, inexistante. L'amour qu'elle a pour Adrien, qu'elle tente d'oublier. Ce trou dans le ventre qu'elle a depuis sa naissance.

Son désarroi face à ce manque, son incapacité à comprendre ce lien, à lui trouver une place. Mais elle se retient et ajoute :

« Ne me parle plus de peur, Victoire.

— Excuse-moi. Mais laisse-toi faire, s'il te plaît… »

Et Céleste se laisse faire. Elle enfile la robe. Victoire applaudit en la voyant.

« Je suis si heureuse, j'en étais sûre ! Je vais te coiffer maintenant, assieds-toi sur ce tabouret. »

Céleste soupire et s'assoit. Victoire coiffe délicatement sa longue chevelure et s'extasie :

« Tu sais que je ne t'ai jamais vue les cheveux détachés ! Ils sont interminables ! »

Les mèches blond cendré dévalent le dos de Céleste et restent en suspens à sa taille. Victoire les ramasse en un chignon souple, bas sur la nuque. Elle maquille ensuite légèrement le visage de Céleste. De la poudre, du rouge sur les joues et les lèvres. La bonne ne peut s'empêcher de dire :

« Je comprends pourquoi tu mets tant de temps à te préparer le matin. Comme ça doit être ennuyeux de faire ça tous les jours…

— Chut, tu vas être étonnée du résultat. »

Elle la pare ensuite d'un collier et de boucles d'oreilles. Puis elle admire son œuvre en s'exclamant :

« Tu es parfaite, parfaite ! Regarde-toi dans le miroir ! »

Céleste se lève et contemple son reflet dans la glace qui surplombe la cheminée. Elle reste d'abord sans voix, tant elle a l'impression d'être déguisée, et soudain, elle éclate de rire :

« Bravo, Victoire, dit-elle en tournant sur elle-même, je suis une femme maintenant… comme toi ! »

La gêne qui assaillait Céleste jusque-là disparaît sous la robe et le rouge. Son nouveau costume lui donne une aisance qu'elle ne connaissait pas. Éphémère, elle le sait, mais véritable pour quelques heures.

Quand Victoire est prête à son tour, une calèche les emmène chez Maxim's. Le lieu où il faut être vu. En lisant ses revues de mode, Victoire a remarqué que l'on parlait beaucoup de ce restaurant et de celles qui s'y rendent. Peut-être les croiseront-elles ce soir ? La calèche s'arrête au 3, rue Royale. L'enseigne resplendit. Elles y sont.

Les deux femmes s'installent au bar. Victoire a dit, d'un air dégagé, au maître d'hôtel qu'elles voulaient d'abord boire un verre. Elles prennent place sur les hauts tabourets. Il y a là un petit attroupement féminin, dont on ne distingue que les robes brodées tant les chapeaux, voilettes et ornements capillaires cachent leurs visages. Ces femmes possèdent tous les attributs pour se sentir à l'aise dans un tel lieu. En les regardant, Victoire a soudain une révélation. Mais oui, se dit-elle, ce sont elles ces demi-mondaines, ou plutôt ces cocottes. Et le visage d'Odette lui traverse l'esprit. C'est donc dans un endroit comme celui-ci que Joseph a dû s'amouracher d'elle.

Victoire commande deux coupes de Pommery. Céleste n'a jamais bu de champagne.

« Mais ça pique », s'exclame-t-elle, tout en picorant les pommes frites qui se trouvent dans des corbeilles sur le bar.

« Tu vois, Céleste, c'est la vie que nous pourrions

avoir. Tu ne crois pas que là, discrètement, nous pourrions nous aimer sans que personne s'en aperçoive ?

— Pourquoi ? Quelqu'un s'en est aperçu à Saint-Ferreux ? En tout cas, c'est vrai que le champagne et les frites, ça me dirait bien… »

Céleste, dont l'humeur est devenue badine, boit une gorgée, ravale ses peurs, et s'approche de Victoire pour l'embrasser dans le cou.

« Mais tu as perdu la tête ou quoi ?

— C'est pour voir si quelqu'un s'en aperçoit… »

Les conversations continuent. Les deux femmes font à la fois partie de ce monde festif et coloré, tout en se sentant provinciales, à l'écart.

« Tu vois, personne n'a rien vu. »

Et Céleste, dans un élan passionné, embrasse Victoire à pleine bouche. Un baiser long, profond, hors du temps, qui les mène à l'orée d'elles-mêmes, là où l'éternité attend leur plus beau souvenir.

Quand elles rouvrent les yeux, personne ne s'est retourné vers elles pour les juger. Dans la lumière feutrée de chez Maxim's, les amours se font et se défont dans l'indifférence la plus totale. Céleste et Victoire en ont franchi le seuil, passant de l'extérieur bien-pensant à un intérieur où la volupté dévoile la promesse d'une vie où l'on pourrait s'aimer sans contrainte.

Le même soir, à Saint-Ferreux, Anselme réchauffe dans ses paumes les parois arrondies d'un verre contenant un bas-armagnac de 1870, son année de naissance. Celle aussi de la mort de mon père, songe-t-il en faisant tourner le liquide doré. Il n'ouvre cette bouteille qu'en de rares occasions.

La dernière fois qu'il s'est retrouvé seul dans la maison remonte à très longtemps. Sa mémoire ne parvient pas à en fixer la date exacte tant elle s'est égarée dans les brumes de ses souvenirs.

Il boit une gorgée en se disant que ce soir il regrette l'absence de Céleste, il serait bien allé lui faire une petite visite. Il sourit. Elle est bien brave, cette Céleste. Elle leur a donné un fils sans broncher, sans rien exiger d'autre que de continuer à travailler. Mon Dieu, il pourrait presque se sentir heureux. Pourtant, quelque chose le gêne, un malaise furtif qui l'assaille parfois, et qui l'empêche d'avancer comme il le voudrait. Quelque chose dans cette maison qui les fait tous légèrement claudiquer… Mais quoi ?

La maison l'enveloppe. Il dort à nouveau dans son bureau. Le lit de camp de l'étude lui a trop longtemps tordu le dos. Dans la vitrine en acajou où il garde précieusement la collection de pipes de son père, il prend la plus belle, celle de son grand-père, sculptée dans de l'ivoire, qui passe de main en main, d'homme en homme. Anselme se dit que ce sera un jour son fils qui, comme lui ce soir, y trouvera du réconfort, celui de l'appartenance à une famille. Se sentir épaulé, aimé. Oui, aimé. Et puis, moi, je resterai en vie longtemps, je te verrai grandir. Adrien, tu auras la chance de m'avoir à tes côtés.

Dans leur petite maison au cœur du jardin, Pierre et Huguette, assis sur des chaises de la cuisine, regardent l'enfant endormi dans son couffin. Ils ont mis un tapis sur les tomettes froides, et l'ont posé près du poêle rallumé pour l'occasion. Huguette contemple le petit visage, maintenant poupin, ses yeux clos, sa respiration régulière. Il est l'image parfaite de la tranquillité comblée.

Comme tu es petit, comme tu es beau, pense-t-elle, comme je regrette de n'avoir gardé aucun de ceux qui t'auraient appelé « monsieur Adrien ».

Pierre voit les larmes de sa femme perler sur ses cils avant de venir s'écraser sur le tablier blanc. Il lui prend la main et, dans un bruit guttural, dessine avec ses lèvres un : « Je t'aime, Huguette.

— Merci », lui répond-elle faiblement.

Elle poursuit, tandis qu'il lit sur sa bouche :

« Imagine cette petite maison pleine de bruits, pleine de rires, loin de nos silences. Ils s'accrocheraient à nos jambes. Imagine les petites mains jouer avec tes oreilles, tes doigts, ta moustache. »

Pierre ne regarde plus son visage, il baisse les yeux. Elle continue pourtant :

« Écoute dans ton cœur ce que j'ai à te dire. Nos enfants auraient réussi là où j'ai échoué, ils t'auraient rendu la parole… »

Il fixe le sol obstinément, il ne veut entendre ni avec les yeux ni avec le cœur. Elle ne peut pas comprendre.

Huguette retire vivement sa main de celle de son mari. Comme elle s'est sentie seule lorsqu'elle a avorté ! Comme elle a eu mal ! Chaque fois plus. Combien de fois a-t-elle maudit sa condition de femme, de domestique ? Pourquoi n'a-t-elle pas eu droit à ce bonheur qui l'a si souvent narguée dans son ventre ? Anselme n'en a jamais rien su, mais Pierre non plus. Elle a toujours cru que c'était une affaire de femmes. Que c'était, en quelque sorte, de sa faute si son corps ne faisait pas ce que son esprit désirait : ne pas avoir d'enfant.

Pierre la voit tremblante. Certes, il y a des choses de l'un et de l'autre qu'ils ne savent pas, mais lui est le seul à connaître une partie de l'histoire. Il est temps, pense-t-il. Il lui reprend la main fermement et la force à le regarder. Il ânonne, tout en s'appliquant à articuler chaque syllabe. Elle comprendra, elle a l'habitude depuis toutes ces années de déchiffrer au moins le sens général de ses miaulements. Mais, à cet instant, il s'applique à être le plus clair possible afin qu'elle saisisse tout :

« Tu le vois qui dort, mais tu ne sais pas de quoi il rêve. Tu le vois qui respire, mais tu ne sais pas de quoi il va mourir. Et lui ? Est-ce que tu l'envies vraiment de commencer sa vie sans savoir qui est sa mère ? Il en a une, il en a deux, on ne sait pas… »

Il hésite à continuer, se fatigue vite. Mais c'est elle maintenant qui lui presse la main :

« Tu as raison, on ne sait rien des autres… »

Les yeux de Pierre deviennent incandescents :

« Combien de fois l'histoire doit-elle se répéter ? »

Il poursuit trop vite, elle peine à le suivre :

« Sa mère n'est pas sa mère, et pour Anselme : son père n'est pas son père !

— De quoi parles-tu ? »

Il continue, la bouche tordue :

« Ces secrets dans un berceau. Combien de temps ? Combien de temps… »

Victoire et Céleste n'ont pas dîné. Elles sont restées au bar à picorer des frites. Elles ont même fini par parler à leurs voisines. Elles ont ri et bu, beaucoup. Elles quittent l'établissement dans une douce euphorie.

Elles sont maintenant assises dans leur chambre d'hôtel. Chacune sur son lit, la tête qui tourne, les coiffures défaites. La joie à fleur de peau, elles se remémorent ces instants tout juste passés.

Victoire ôte ses chaussures, puis s'agenouille près de Céleste et pose sa tête sur les genoux de celle-ci :

« Je pourrais rester ainsi toute ma vie. »

Céleste lui caresse les cheveux. Victoire poursuit :

« Toute ma vie près de toi, en silence. »

Elles se regardent intensément. Elles savent bien que ce bonheur fugace prendra bientôt fin, qu'elles se sont échappées de leurs vies pour un jour et une nuit, mais que là-bas, à Saint-Ferreux, la réalité les attend. Alors autant savourer ces derniers instants de liberté.

Elles se déshabillent, se décoiffent, se préparent pour la nuit. Céleste dépose religieusement sa robe dans la valise de Victoire en s'exclamant :

« Mon habit de femme, pour une fois...

— Pourquoi ? Tu n'as pas l'impression d'être une femme ? »

Céleste réfléchit longuement avant de lui répondre. Elle veut être la plus précise possible :

« Tu sais, je ne me suis jamais posé la question de qui j'étais. Ma mère m'a toujours regardée comme quelque chose qui poussait. J'aurais aussi bien pu être un brin d'herbe… »

Elle rit en disant cela, puis s'assombrit à nouveau :

« Et je crois que mon père n'a jamais remarqué ma présence. Puis je suis rentrée chez vous. J'étais bien contente, tu sais. Ma mère aussi. On n'avait plus à s'inquiéter, ma vie était résolue. Et puis, il y a eu les visites d'Anselme… »

Victoire ne peut réprimer un mouvement de recul. Céleste poursuit malgré tout. Elles n'ont jamais parlé de ses « visites », il est temps.

« Lui, c'était le premier. Avant, personne. Quelques gestes avec un de mes frères, mais rien comme ça… »

Elle respire profondément. Victoire les voit dans la chambre du haut. Céleste continue :

« Rien comme ça, qui fasse aussi mal. Et pourtant, j'arrivais à oublier, à penser à autre chose. J'allais toujours au même endroit, dans la clairière que j'aime tant, dans la forêt près de chez nous. Je ne lui en ai jamais voulu, pas vraiment, pas au point de partir, je pensais que ça venait avec notre condition. J'en ai parlé à Huguette une fois. Elle m'a dit de me taire et de garder la tête bien haute. Elle avait raison, il n'y avait pas grand-chose d'autre à faire…

— Je ne le laisserai plus jamais te faire du mal ! »

Céleste ne l'écoute pas et reprend :

« La suite, tu la connais. Mais il y a quelque chose que tu ne sais pas… Là, dans mon cœur » – elle frappe sa poitrine en disant cela – « là, bien accrochée, il y a la Vierge. Elle veille sur moi. Quand je suis perdue, elle me mène toujours vers la lumière. Elle m'a conduite vers toi.

— Pourtant… »

Victoire ne termine pas sa phrase. Pourquoi se rappeler que leur amour est condamnable ?

« Céleste, mon amour, malgré le fait que je sois née dans une maison plus riche que la tienne, nous avons la même histoire, la même enfance. L'indifférence de mon père, et puis ma mère… Tu sais que c'est elle qui a répondu à la petite annonce d'Anselme dans *Le Chasseur français* ?

— Je sais, Huguette m'a raconté…

— Ça veut dire que je suis quoi, moi ? Rien ? Que mon avis sur ma vie ne compte pas ? »

Sa gorge se serre. Elle pleure presque. Céleste la prend dans ses bras. Victoire répète :

« Je suis quoi ? Une chose dont on a réussi à se délester en se donnant bonne conscience ? On m'a dit : "Souris, aie des enfants !" Rien d'autre. Et, tu vois, je n'ai pas réussi. Sans toi, rien. Ni le sourire, ni Adrien. Pourquoi nous a-t-on tant menti durant notre enfance ? Sur la vie conjugale, sur tout ce qui est censé faire le bonheur d'une femme ? Mon mariage avec Anselme… » Sa voix a perdu toute illusion.

Céleste lui répond doucement : « La différence entre toi et moi, c'est qu'on ne m'a jamais menti, j'ai toujours su que ce serait difficile… »

Elles s'allongent dans un des petits lits. Serrées l'une contre l'autre, elles poursuivent leur conversation.

« Victoire, depuis qu'on s'aime, je ne prie plus. Je ne sais pas pourquoi, j'oublie... Maintenant, je pense à toi tout le temps. Je fais ce qu'il faut, je parle à Huguette, je lave, je cuisine. Tout comme avant, et pourtant... Il y a autre chose qui s'est mis en marche dans ma tête. C'est toujours toi, ta peau, ce qui s'est passé la nuit précédente. Je revois tout, sans arrêt, la journée suivante... »

Céleste enlace plus fermement Victoire :

« Tu es si menue, et pourtant j'ai l'impression que rien ne peut te briser...

— Non, Céleste, c'est toi qui es forte, accrochée à la terre. Moi, je suis frêle, pour que la vie me porte là où bon lui semble. Et je ressens tout ce que tu me dis. Avant toi, je vivais comme un automate. Un corps désarticulé et sans âme. Il faut que je t'avoue quelque chose. Avant toi, quand je me regardais dans le miroir, je me trouvais laide. Tellement laide que je ne me suis regardée qu'une seule fois nue. Mon corps me semblait inutile. Et puis je t'ai vue, toi, avec ton ventre rebondi, quand tu essayais de te cacher derrière le corset. Tu étais éblouissante. Je me suis dit, c'est elle, la femme. Moi, je ne suis rien, on aurait pu me couper une jambe, je n'aurais rien senti. Si, si, je t'assure... »

Elles rient doucement. Elles sont bien.

« Et puis, tu as donné naissance à Adrien. Tu l'as fait pour moi.

— Je l'ai fait pour moi aussi, pour lui, pour nous.

— Laisse-moi croire que tu l'as fait juste pour moi. Tu ne te rends pas compte, tu m'as donné un fils… ».

Dans l'obscurité de la chambre, Céleste sourit.

À l'ombre de cet hôtel parisien, de ces mots murmurés, leurs corps s'aiment avec une audace nouvelle.

À leur retour à Saint-Ferreux, une lettre attend Victoire.

Saint-Aubin-de-Luigné, le 25 avril 1909

Ma bien chère Victoire,

Comment vas-tu ? Et le petit Adrien ?

Le bonheur qui resplendit de tes lettres me fait chaud au cœur. Ta vie avec l'enfant va prendre un nouveau rythme, et surtout du sens. J'imagine la joie d'Anselme qui a attendu si longtemps cette paternité. Je savais que votre union serait de celles fécondes.

Tu vois, toi qui avais des doutes, tu dois te dire que finalement j'avais raison quand je te disais que l'appétit venait en mangeant – en amour c'est de même. Regarde le beau couple que nous formons avec ton père ! Nous avons certes, parfois, nos différends, mais nous finissons toujours par tomber d'accord sur les décisions importantes à prendre. Ce qui compte véritablement, c'est d'envisager la vie de la même manière. Mais je n'ai pas à te convaincre, tu as toujours été une enfant sage et obéissante, et je suis sûre qu'Adrien te ressemblera.

Nous nous réjouissons de venir vous voir le 8 mai et d'en profiter pour organiser, ensemble, la cérémonie du baptême. J'ai d'ailleurs une nouvelle qui va te faire plaisir. Le père Gabriel se joint à nous pour notre expédition chez vous. Il est enthousiaste à l'idée de vous revoir, Anselme et toi, ainsi que de rencontrer Adrien. Ne serait-ce pas l'occasion de convier aussi le père Roger ? Nous pourrions alors discuter de tout, de la messe, de la liste des invités, des fleurs, des dragées, de la robe (peut-être qu'Anselme se pliera finalement à ton désir d'utiliser la nôtre)…

Je compte les jours jusqu'à notre venue ! En attendant, prends soin de toi. Du repos, de la marche à pied, et une infusion de thym chaque soir. Tu te souviens de ce que disait bonne-maman ? Il n'y a rien de tel pour garder la forme.

À bientôt, ma chérie.

Ton père et moi-même t'embrassons affectueusement. Toute notre amitié à Anselme.

Maman

P.-S. J'oubliais : ta sœur Adélaïde est fiancée ! Elle est ravie, n'hésite pas à lui écrire ton bonheur conjugal…

Cette lettre glace le sang de Victoire. Un brutal retour à la réalité, quelque chose dans le ton badin de sa mère fait sursauter sa conscience. Son cœur se serre, et ce corps, qu'elle vient de découvrir, soudain l'embarrasse.

Anselme est là lorsqu'elle la lit. Ils sont dans le vestibule où il est venu l'accueillir. Elle lui a déjà dit que tout s'était merveilleusement bien passé. Anselme voit une ombre sur le visage de sa femme :

« Qu'est-ce qui te chagrine dans cette lettre ? »

Elle lui tend, sans un mot.

« Je ne comprends pas, tu devrais être heureuse ! Ta famille vient avec le père Gabriel. Les personnes qui te sont les plus chères !

— C'est vrai, tu as raison » – et plus bas, comme pour elle-même : « Il faut que je me ressaisisse… »

Huguette les rejoint avec le couffin. Quand Victoire se penche, Adrien lui fait un grand sourire. Cet amour simple, si franc, cette joie sans artifice la bouleverse. Elle balbutie :

« Mon Dieu, comme tu m'as manqué, comme tu es beau… »

Elle le prend dans ses bras et ne le lâche plus du reste de la journée. Le soir venu, Anselme l'informe qu'il a réintégré le bureau contigu à leur chambre.

« J'avais le dos cassé sur ce lit de camp et, maintenant, je suppose qu'Adrien dort convenablement… »

Il ajoute, en espérant que la résolution de sa femme ne soit pas éternelle :

« Et puis, j'ai envie de me rapprocher de toi… »

Victoire hausse les épaules, elle se fiche de ses envies.

Au dîner, elle est fébrile. Pourtant si sûre la veille de son amour pour Céleste, Victoire chancelle. La puissance de son sentiment lui revient en pleine face, elle s'y brûle. Toute la soirée, elle semble perdue dans ses pensées. Anselme lui pose une foule de questions sur la capitale, sa robe, le trajet. Elle répond à demi-mot, prétexte d'être exténuée :

« J'ai dû attraper froid, je vais aller me coucher. »

Et elle s'endort d'un sommeil profond, amnésique. Elle n'entend pas Céleste venir chercher Adrien, elle ne l'entend pas non plus à l'aube déposer le couffin à sa place. Céleste l'a attendue toute la nuit. Lorsqu'elle a compris qu'elle ne viendrait pas, elle s'est mise à prier. Elle s'est excusée, en pleurant, d'avoir oublié. *Sainte Marie, mère du monde. Protégez-moi d'aujourd'hui, de demain. Ne m'abandonnez pas…*

Elle devait être fatiguée de cette journée de voyage, tente de se convaincre Céleste. Elle sait bien, au fond d'elle-même, que leur amour pourra difficilement survivre à la réalité de leurs vies. Pourtant, qu'y a-t-il de plus véritable que cette émotion, que ce sentiment réciproque qui les a terrassées l'une et l'autre ? Céleste s'endort par intermittence, bercée par la respiration régulière d'Adrien, avec qui elle va passer toute la nuit. Leur plus long moment ensemble. Cet enfant qu'elle n'ose pas aimer. Quand son esprit se pose sur lui et qu'elle se surprend à en être bouleversée, Céleste chasse aussitôt l'image qui s'impose dans ses pensées. Elle y parvient parfois mais, lorsque l'image devient obsédante et que la jeune fille se laisse broyer par la férocité de sa situation, elle n'a qu'une envie : fracasser son crâne contre un mur pour que tout cela cesse, pour que le silence revienne, pour que la paix dans laquelle elle vivait auparavant l'emporte à nouveau. Elle serre Adrien contre elle :

« Mon petit, mon tout petit, ce soir, Victoire ne viendra pas… »

La nuit suivante, Victoire entend Céleste qui entre et repart silencieusement avec le couffin. Elle veut la rejoindre cette fois, la prendre dans ses bras, partager ses doutes. Et l'aimer surtout. Qu'est-ce qui les en empêche finalement ? Les conventions ? Leurs éducations ? Comme elle aimerait les abandonner tous à leur sort ! S'en aller. Qu'on la laisse vivre, respirer. Victoire s'agite dans son lit, froisse et jette sur le sol sa pochette de lavande. Elle aimerait partir avec Céleste et Adrien. Loin, dans un autre pays, en Amérique, pourquoi pas ! Là où on ne les retrouverait pas. Mais vivre de quoi ? Cette réalité est terrifiante, humiliante. Son avenir financier dépend d'Anselme. Quelle injustice d'être liée à lui si étroitement ! Lui qui dort dans le bureau d'à côté. Accablée, elle s'assied sur le bord de son lit. Que peut-elle faire vraiment ? Pourquoi, à

Paris, se sentait-elle si heureuse, si pleine de vie et, ce soir, si triste ?

« Voir Céleste pour oublier ces pensées noires. »

Elle se lève, tourne délicatement la poignée de la porte. Tout semble immobile dans la maison endormie. Sur la pointe des pieds, elle marche le long du couloir. Quand, tout à coup, elle entend la porte du bureau se refermer et Anselme, une bougie à la main, qui lui dit :

« Que t'arrive-t-il ? Où vas-tu ? »

Elle reste figée sur place, puis se retourne et bredouille :

« J'allais à la cuisine… Une petite faim…

— Mais tu prends le couloir dans le mauvais sens, ma chérie, la cuisine est de l'autre côté !

— Quelle idiote ! Je suis à moitié endormie. Je ne sais plus ce que je fais…

— Allons, je t'accompagne ! »

Heureux de cette rencontre impromptue, il lui prend le bras. Et, soudain, dans un élan paternel, il s'arrête :

« Laisse-moi voir le petit endormi, je ne l'ai jamais vu la nuit ! »

Une sueur froide perle sur les tempes de Victoire. Que se passerait-il si Anselme venait à découvrir qu'Adrien n'est pas dans sa chambre mais avec Céleste ?

« Non, non, laissons-le dormir tranquillement… »

Et elle le force à avancer.

Dans la cuisine faiblement éclairée par le plafonnier à gaz, ils ne savent plus quoi se dire.

Victoire grignote machinalement un bout de pain, elle n'a absolument pas faim. Elle pense à Céleste qui l'attend, mais elle se sent obligée de s'asseoir, de faire semblant. Anselme s'est servi une tasse de lait.

« Ça fait du bien », dit-il après avoir bu une longue rasade.

Victoire se lève déjà, elle est pressée.

« Mais où vas-tu ? Prenons le temps, pour une fois que nous sommes seuls dans cette cuisine ! »

Elle se rassoit, mais signifie son ennui en se taisant.

Anselme poursuit, jovial :

« Parlons de ce déjeuner avec ta famille. Qu'as-tu prévu comme menu ?

— Je ne sais pas, je verrai avec Huguette.

— Vas-tu convier le père Roger ? Je crois que c'est une excellente idée !

— Je ne sais pas, je t'ai dit ! Je suis fatiguée, je vais me recoucher. »

Anselme ne cède pas et la regarde droit dans les yeux :

« Victoire, je ne te comprends pas. Tu es toujours

insatisfaite, fuyante. Tu es allée à Paris, tu as une robe. Qu'est-ce qu'il te faut de plus ? »

Elle ne s'attendait pas à une attaque si frontale. Elle murmure :

« Si je le savais… »

Elle ne veut pas rester plus longtemps dans cette cuisine, se lève d'un bond, mais Anselme l'attrape par le poignet pour la retenir près de lui :

« Victoire, je t'aime. Je tâche simplement de te comprendre. J'aimerais que nous soyons mari et femme, comme avant. »

Son regard est suppliant. Il veut l'étreindre, l'embrasser. Elle se dégage :

« Un jour peut-être, mais pas maintenant. »

Elle rejoint sa chambre en courant et se cache sous ses draps. Elle ira voir Céleste quand Anselme sera revenu dans le bureau. Ne pas prendre le risque qu'il la surprenne une nouvelle fois.

Anselme prend son temps. Il est assis dans la cuisine, sa tasse à la main, terriblement seul. D'un geste lent, il essuie, avec la manche de son pyjama, les gouttes de lait accrochées à sa moustache. Il se rend tristement à l'évidence, Victoire ne l'aime pas. Ce mariage sera-t-il le même échec que son précédent ? Mon Dieu, pourquoi les rapports entre hommes et femmes sont-ils si compliqués… N'ont-ils pas, Victoire et lui, les mêmes valeurs ? Les mêmes ambitions ? C'est-à-dire un foyer solide. Maintenant qu'ils ont un fils, tout devrait aller pour le mieux, et pourtant tout vacille. Certes, Céleste a porté l'enfant, et il n'est pas très fier d'avoir trompé Victoire, mais les hommes ont des besoins que les femmes n'ont pas, tout le monde le sait ! Et puis, il l'a trompée avec une bonne, pas avec une autre femme !

Ces pensées l'enflamment. Comme il aurait envie, à cet instant, de serrer contre lui un corps chaud. Un corps dans lequel il pourrait se laisser aller, se glisser, se sentir accueilli. Comme il aimerait qu'une voix douce lui dise qu'il n'est pas ce petit garçon inutile à l'affût d'une approbation paternelle qu'il n'aura jamais. Comme il aimerait que tout soit normal, un foyer digne de ce nom, ne pas se contenter du vernis, en avoir aussi la chair. Finalement, Céleste a toujours été là pour lui. Elle n'a jamais bronché, jamais rechigné. Elle a accompli ce que Victoire n'a pas su faire et, surtout, ce dont il se croyait lui-même incapable : avoir une descendance. Il ne l'a pas assez remerciée. Il ne lui a d'ailleurs jamais vraiment adressé la parole. Peut-être est-il temps, maintenant, d'aller la voir, de s'abandonner dans ses bras à elle… Oui, c'est cela. C'est ce qu'il va faire, trouver du réconfort sur le petit lit en fer. Il laisse la tasse sur la table et repart d'un pas décidé. Dans le couloir, en passant devant la chambre de Victoire, il se fait plus discret. Elle doit déjà dormir. Il rejoint l'escalier de service. Il est pressé. Son désir le pousse à voir Céleste, à la prendre.

Victoire, les yeux écarquillés, l'a entendu passer devant sa porte. Elle a compris qu'il continuait son chemin, qu'il ne s'arrêtait pas dans le bureau, mais il lui a fallu quelques instants de plus pour comprendre où il se dirigeait.

Soudain, elle est debout, court dans le couloir, monte quatre à quatre les marches et le rejoint sur le palier alors qu'il s'apprête à ouvrir la porte de la chambre de Céleste.

Folle de rage, Victoire hurle :

« Va plutôt au bordel ! »

En écho au cri maternel, celui d'Adrien qui se réveille en sursaut.

Tout le corps d'Anselme se fige, on n'entend plus que les cris de l'enfant. Victoire se précipite, lui barre la porte. Leurs visages se touchent presque. Elle tremble. La mâchoire complètement raide, elle parvient à prononcer : « Va-t'en ! Ne t'approche plus d'elle ! »

Adrien ne crie plus, Céleste doit le bercer.

« Je ne partirai pas avant que tu me dises ce que fait mon fils – il accentue le *mon* – dans cette chambre.

— Adrien dort souvent dans la chambre de Céleste. Elle a bien le droit de le voir, non ? Après tout, c'est son fils aussi. »

Ils restent là, à se jauger, immobiles. Victoire voit les poils de la moustache d'Anselme vibrer à chacune de ses expirations. À cet instant précis, elle le hait. Criblé par tant de violence, Anselme recule. Il soutient son regard, mais ses membres ne supportent plus leur proximité. Il lui dit d'un ton froid :

« Très bien, Victoire. Comme je vois que je ne suis pas le bienvenu chez moi, je suivrai ton conseil et irai au bordel… »

Il recule encore d'un pas puis se retourne pour rejoindre d'une foulée mécanique l'étage inférieur.

Quand Céleste ouvre la porte de sa chambre, le corps de Victoire en barre encore l'accès. La jeune fille porte d'un bras Adrien qui gesticule, de l'autre elle enlace Victoire qui tremble. Céleste les réconforte, puis, lentement, les emmène dans la chambre. Ils restent tous les trois entremêlés, jusqu'à ce que les battements de leurs cœurs se confondent. Alors, seulement, Adrien se rendort et Victoire se met à pleurer.

« Je suis perdue, Céleste. Depuis qu'on est rentrées, je ne sais plus rien. C'est comme si tout s'effondrait, et pourtant je suis tellement sûre de t'aimer. Mais, tu comprends, la vie, les autres, Anselme… »

Et elle pleure de plus belle.

Céleste couche délicatement Adrien dans son couffin. Elle ne dit rien, mais réalise, tout à coup, que c'est elle qui devra porter leur histoire. La porter jusqu'au bout, à bras-le-corps.

Après avoir déposé le fils, elle vient chercher Victoire, qui s'est accroupie au milieu de la petite chambre. Elle la relève et la guide jusqu'au lit où elles s'asseyent l'une près de l'autre. Céleste lui caresse la joue, lui chuchote à l'oreille une chanson de son enfance :

« Dors, ma petite fille. Fais la brindille qui se laisse bercer au gré du vent. Dors, ma petite fille. Tant que je suis là, la nuit et ses ombres ne t'atteindront pas… »

Elle reprend plus doucement encore :

« Dors, ma petite fille. Fais la brindille… »

Victoire ne pleure plus. Elle se laisse aller, elle n'a presque plus peur. La chanson se transforme en prière :

« Sainte Marie, mère du monde, protégez-nous. Protégez-la. Elle surtout, plus que moi, et Adrien plus encore. Faites qu'ils ne s'égarent pas, qu'ils n'échappent pas à votre vigilance. Sainte Marie, mère de la terre, gardez-les au chaud de vos entrailles, unis, bénis… »

Victoire la regarde :

« Tu t'es remise à prier ?

— Oui, il est temps. »

Elles restent en silence quelques instants de plus, incapables de savoir ce qu'elles doivent faire. C'est Céleste qui se lève la première, prend le couffin, et le tend à Victoire :

« Adrien va très bien, il peut dormir dans ta chambre maintenant.

— Tu ne veux plus que l'on se voie ? »

La voix de Céleste se brise :

« J'aimerais, bien sûr que j'aimerais, mais, après ce qui s'est passé ce soir, on ne sait plus… »

Victoire ne répond rien, prend le couffin et retourne dans sa chambre, abasourdie.

Sous les tuiles en ardoise de la maison bourgeoise, quatre personnes sont couchées, seul l'enfant dort. Les autres gardent les yeux grand ouverts. Chacun dans sa pièce, chacun dans sa solitude profonde, hanté par des rêves, des désirs, des espoirs qui ne se rencontrent pas, qui se cognent aux murs tapissés, aux taffetas noués d'embrasses – métrages de tissu qui absorbent les soupirs pour n'en restituer qu'un écho ouaté.

Huguette sent que l'atmosphère de la maison a changé. Les silences sont plus pesants, les regards se fuient, les conversations à peine entamées s'écrasent sur la nappe du dîner.

Depuis la révélation de Pierre, elle voit Anselme différemment. Elle trouve des réponses à des questions qu'elle ne s'était jamais posées. L'étrangeté de cet enfant, sa solitude, ses excès de fanfaron suivis de longs moments de mutisme. Mais c'est surtout la mère d'Anselme qui a changé de teinte dans son esprit, elle est devenue blafarde, la couleur du mensonge. Toute sa vie à glorifier un père qui n'en était pas un, à faire semblant.

Pierre et Huguette avaient continué leur étrange dialogue le jour suivant. Il était réticent, mais elle avait réussi à lui soutirer l'information qui lui manquait : l'identité du père. C'était le cousin Alphonse. Maintenant qu'elle y repense, elle comprend pourquoi il était là à chaque anniversaire, aux communions. À toutes ces étapes, il n'était jamais très loin de la mère d'Anselme. Huguette se demande si monsieur de Boisvaillant avait indiqué le nombre de coïts extraconjugaux qu'il pouvait tolérer. Comment avaient-ils fait pour en arriver là ? Quelles sortes de conversations avaient-ils eues tous les trois pour aboutir à une telle situation ? Quelles sortes de silences ? Ils avaient eu un enfant, mais à quel prix ! Et ce même mensonge se poursuit maintenant dans l'histoire d'Adrien. Mon Dieu, ils sont tous fous !

Céleste s'affaire dans la cuisine. Cet après-midi-là, après avoir ciré et lustré les parquets de l'étage, elle s'attaque aux casseroles en cuivre. Huguette l'observe. Céleste a les traits tirés, son regard parfois se perd au-delà du geste mécanique de sa main qui frotte le métal.

« Tu ne m'as pas raconté ton séjour à Paris avec madame !

— Pardon ? »

Céleste ne l'a pas entendue.

« J'aimerais que tu me racontes ton séjour à Paris avec madame…

— Qu'est-ce que vous voulez que je vous en dise ? »

Céleste s'est remise à briquer, plus fort encore. On dirait qu'elle cherche à percer l'ustensile.

« Eh bien, je ne sais pas, moi. Le voyage, le bruit, les gens, les habits… Tu te rends compte de la chance que tu as eue ? Moi, le plus grand voyage que j'ai fait, c'était pour accompagner monsieur jusqu'ici ! »

Céleste fixe Huguette longuement, trop longuement.

« Il s'est passé quelque chose ? » se hasarde Huguette.

Le même regard, le même silence. Elle poursuit :

« C'est vrai que, depuis que vous êtes rentrées, j'ai une impression bizarre. Monsieur évite madame, qui évite monsieur. Le piano des heures durant. Elle nous casse les oreilles à force. Par contre, je crois qu'elle s'est vraiment mise à aimer Adrien, et ça, c'est bien.

— Vous avez raison, Huguette, c'est le plus important.

— Oui, mais ton voyage à Paris ? »

Le regard de Céleste redevient normal, souriant :

« Paris ? On est allées dans la boutique, elle a essayé une robe jolie mais trop chère. Et puis, c'est tout. La ville, je ne sais pas, je n'ai pas fait attention. Beaucoup de monde, beaucoup de bruit…

— Rien de plus ? »

Huguette est déçue, si madame lui avait demandé de l'accompagner, elle n'en aurait pas perdu une miette. Elle aurait tout observé, tout retenu. Cette petite Céleste est trop jeune, mais après tout ce qu'elle a vécu ces derniers temps, ce n'est peut-être pas de sa faute.

Et soudain les mots sortent de la bouche d'Huguette sans qu'elle s'en aperçoive – il est des secrets si lourds à porter que l'on préfère aussitôt les divulguer afin d'en partager la charge.

« Eh bien, moi, j'ai appris quelque chose pendant que vous étiez à Paris. Figure-toi que le père d'Anselme n'est pas son père ! »

Huguette s'attendait à ce que cette nouvelle stupéfie Céleste, mais elle ne suscite qu'un modeste :

« Ah bon ?

— Je n'ai pas l'impression que tu comprennes. Comme le père d'Anselme ne pouvait pas avoir d'enfant, il a demandé à son cousin Alphonse de l'aider. Tu vois ce que je veux dire ? »

Huguette souligne sa dernière phrase par un clin d'œil.

« Mais, comment l'avez-vous appris ?

— C'est Pierre qui me l'a dit.

— Il parle ? »

Cette nouvelle-là sidère littéralement Céleste.

« Il n'est pas sourd et muet ?

— Bien sûr qu'il est sourd et muet, mais j'arrive à lire sur ses lèvres. »

Huguette est énervée de devoir donner ces explications, la révélation n'est pas là. Elle poursuit malgré tout :

« Et tu vois, pour Adrien, c'est pareil. Il croira toute sa vie que sa mère est madame alors que c'est toi. L'histoire se répète, se répète… »

Céleste, soudain, réalise la gravité de ce qu'elle entend. Après un long silence, elle lui répond dans un souffle :

« Et dire que tout ça est de ma faute… »

Le 8 mai 1909, ils arrivent tous pour le déjeuner. L'effervescence dans la maison est à son comble. Huguette et Céleste ont passé deux jours en cuisine pour élaborer le menu, et Victoire a embauché à la journée deux hommes pour le service à table. Elle s'est amusée à écrire de sa plume fine, sur des cartons dentelés, le menu du jour. Ce faisant, elle ne doute pas d'éblouir sa famille en la recevant si bien. Anselme a choisi les vins parmi ses meilleures bouteilles. Victoire s'est appliquée comme lorsqu'elle était chez les sœurs :

Asperges à la mayonnaise mousseline
Saumon à la sauce genevoise
Filet de bœuf maréchal
Sorbet au cherry
Gigot d'agneau
Petits pois à la française
Nougats montés
Feuilles chocolat
Fruits
Café

Vins : Madère, Saint-Émilion 1899,
Quarts-de-Chaume 1895,
Moët & Chandon

La table est magnifique : fleurs, nappe amidonnée et brodée issue du trousseau que Victoire ne sort que pour les grandes occasions, verres de cristal, argenterie impeccable. Quelle belle maison ! Elle se sent comme une princesse en son royaume. Et Adrien qu'on présente aujourd'hui ! Victoire a coiffé délicatement ses quelques mèches blondes et lui a mis une jolie robe anglaise à dentelles.

« Tu es beau, tu es parfait ! » lui dit-elle en l'installant à nouveau dans son couffin.

Quand ils entendent la grille du jardin s'ouvrir et se refermer, ainsi que les roues de la calèche approcher, Victoire et Anselme se dirigent vers le perron pour accueillir leurs hôtes. Les embrassades sont chaleureuses, on ne s'est pas vus depuis plusieurs mois. On s'installe d'abord dans le salon, les exclamations fusent à la vue d'Adrien. Marguerite de Champfleuri verse quelques larmes, elle ne peut s'empêcher de dire : « Un garçon, un garçon, enfin… » Mais Adrien, effrayé par l'agitation qui l'entoure, se met bientôt à pleurer.

Victoire le prend dans ses bras et sa mère, éperdue de joie, s'exclame : « Mon Dieu, ma petite fille, tu es mère ! Je n'arrive pas à y croire ! »

Et Anselme, de renchérir :

« Elle est si belle, n'est-ce pas ? »

Quelque chose dans le cœur de Victoire explose.

Oui, elle est mère ! C'est vrai ! Il lui manquait l'assentiment de la sienne pour y croire réellement. Elle serre Adrien un peu plus fort contre elle en lui murmurant :

« Mon amour, mon amour… »

Le déjeuner se passe merveilleusement bien. On se met d'accord sur les invités, le père Roger accepte de bonne grâce que le père Gabriel se joigne à lui pour la célébration du baptême. Le photographe viendra ce jour-là pour tous les immortaliser. Victoire se prend même à sourire à Anselme. N'est-il pas, après tout, le père de son amour ? L'illusion est parfaite. La famille semble unie, un idéal atteint qui annonce un bonheur sans faille. On reste de longues heures à table, une ivresse diffuse les emporte tous.

Vers seize heures, on décide de prendre le café au jardin, le printemps est radieux ce jour-là. Victoire dépose Adrien dans son landau, et tous s'installent autour des tables en fer forgé. Le père Gabriel a observé Victoire pendant le repas. Il l'a trouvée splendide, mais il sait d'expérience que le passage de femme à mère est infiniment périlleux. Ses années d'écoute attentive et d'absolutions lui en ont fourni maintes preuves. Il se souvient de Victoire si frêle à sa première communion, la robe un peu grande, déjà portée par ses aînées, toujours discrète, toujours timide, ne prenant que rarement la parole. À sa communion solennelle, elle avait pris un peu d'assurance, malgré des gestes vifs et désordonnés qui présageaient un caractère capricieux. Il voit bien qu'aujourd'hui, grâce à la maternité, elle a enfin trouvé sa place dans le monde. Cependant, pour être sûr de son fait, il s'approche d'elle et lui demande si elle ne l'accompagnerait pas pour une petite promenade. Ils pourraient causer, ajoute-t-il. Et pourquoi ne pas en profiter pour faire rouler ce joli landau tout neuf ?

« Bien sûr, mon père, il y a si longtemps que nous n'avons pas discuté. Nos échanges m'ont manqué. »

Elle chuchote sa dernière phrase, afin de ne pas froisser le père Roger assis à ses côtés.

Elle se lève, ajuste sa capeline, et pousse doucement le landau entre les massifs de fleurs. Marcher près du père Gabriel lui apporte un réconfort chaleureux. Souvenirs enfantins du bonheur d'être proche du bon Dieu et de se sentir protégée.

Il faudra à peine quelques mots pour que Victoire parle. Une confession impudique en réponse à une simple question :

« Comment vas-tu ? »

« Très bien, mon père ! Comment pourrais-je être plus heureuse ? »

Elle s'arrête devant les iris blancs :

« Regardez comme ils commencent à faner ! Ils étaient si beaux… »

La vision de cette fleur capiteuse se ternissant la bouleverse. Ses mains se crispent sur le guidon du landau.

« Mon père, il y a quelque chose que je dois vous avouer. Adrien est mon fils, mais ce n'est pas mon fils.

— Pardon ?

— Eh bien, c'est mon fils, mais je ne l'ai pas porté… »

Le père Gabriel prend le bras de Victoire et lui propose qu'ils aillent s'asseoir sur le banc de pierre un peu plus loin. Quand ils sont installés, il la regarde droit dans les yeux et prend, dans la sienne, la main délicate de Victoire :

« Raconte-moi.

— C'est Céleste, notre bonne, qui l'a porté.

— Mais qui est le père ?

— Anselme. »

Long silence entre eux, chacun déambulant dans les secrets de sa pensée.

« Ma petite, tu n'es ni la première ni la dernière. Mais, crois-moi, pour la tranquillité de ton foyer, tu dois chasser cette bonne.

— Impossible !

— Pourquoi ? C'est une tentation inutile pour ton mari, et elle voudra toujours revoir Adrien. Méfie-toi, Victoire, j'en ai connu d'autres qui ont eu un cœur trop bon et qui l'ont amèrement regretté.

— Je ne peux pas. Céleste m'a tout donné.

— Tu veux dire, tout pris !

— Si vous saviez l'amour, mon père, elle n'est qu'amour. »

Il se tourne vers elle et, avec toute la bienveillance dont il est capable, lui dit :

« Ma petite Victoire, je te connais depuis si longtemps. Fais-moi confiance. Ton âme est à présent troublée, cette découverte de la maternité est un moment de fragilité pour toi... »

Elle ne le laisse pas finir :

« Je l'aime.

— Bien entendu que tu aimes Adrien, c'est ton fils !

— Non, elle, Céleste. »

Le père Gabriel n'a pas encore bien saisi :

« Tu l'aimes parce qu'elle a porté ton enfant. Mais n'oublie pas que tu lui sauves la vie en l'élevant !

— Vous ne comprenez pas, mon père, je l'aime de tout mon corps. »

Le visage de Victoire s'enflamme. Elle veut tout dire à présent, tout ce qu'elle a caché, enfermé dans son cœur. Le crier à la face du monde, au moins à lui, à qui elle se confesse depuis toujours :

« Elle m'a donné un fils, elle lui a donné la force de vivre quand je n'arrivais même pas à le prendre dans mes bras. Elle m'a prise dans les siens alors que je ne savais même pas que j'étais en vie, que j'étais incapable de sentiments, d'émotions. Je ne savais rien avant elle. Elle m'a tout donné en silence… »

Le père Gabriel l'interrompt violemment :

« Ce que je comprends surtout, ma petite Victoire, c'est que cette fille vous ensorcelle tous ! Ressaisis-toi ! C'est toi qui lui rends service. Élève Adrien et chasse-la ! Recommande-la, si le cœur t'en dit, mais rien de plus ! Ta vie est auprès d'Anselme et d'Adrien !

— Je me fiche d'Anselme.

— Mais enfin, tu t'es mariée devant Dieu ! »

L'argument est de taille. Victoire n'avait pas pensé à Dieu. Elle ne répond rien, son corps est secoué de sanglots.

« Ma petite, cette bonne t'a attirée dans le péché. Dieu te pardonnera, mais il faut que tu te reprennes !

— Pourquoi n'aurais-je pas droit au bonheur ?

— C'est le diable qui t'aveugle, Victoire ! »

Le ton du père Gabriel est cassant :

« Victoire ! Cette femme t'entraîne dans une luxure infernale. Élève Adrien et rapproche-toi d'Anselme. Dieu vous a unis, il vous guidera vers le bonheur.

— Mon père, je suis perdue… »

Victoire cède, son esprit ploie. Le père Gabriel s'en aperçoit, il lui parle plus doucement :

« Ma petite, la vie est faite de tourments. Tu es prise dans l'un d'eux. Je sais que tu as la force de caractère suffisante pour t'en sortir. Ta foi en sera renforcée, ton foyer aussi. Quand tu regarderas en arrière, tu seras heureuse d'avoir vaincu le vice. Tu te demanderas même comment il a pu ainsi te dévoyer.

— Vous avez raison, mon père, je vais me ressaisir.

— Je te crois. Rejoignons les autres et regarde ton mari autrement. Offre-lui ton amour.

— Je vais essayer…

— Non, tu le feras ! » lui répond-il sèchement.

Autour des petites tables, les conversations ont continué. Quand Marguerite de Champfleuri aperçoit sa fille, elle s'avance vers elle en lui disant que cette journée est merveilleuse, mais que malheureusement ils ne tarderont pas à rentrer : « Tu sais comme je n'aime pas voyager la nuit », ajoute-t-elle.

On décide de passer le temps qu'il reste au salon. Victoire sourit, personne ne se doute de l'échange qui vient d'avoir lieu. Personne, non plus, ne remarque l'absence du père Gabriel. Il a trouvé son chemin jusqu'à la cuisine, jusqu'à Céleste. Plein de haine, il lui crie au visage :

« Tu devrais avoir honte ! Tu brûleras en enfer ! »

Après avoir éructé sa phrase, le père Gabriel s'en va aussitôt. Céleste est seule dans la cuisine à cet instant-là, elle pose doucement le plateau qu'elle a dans les mains. Elle sent que l'enchaînement de ses gestes, à partir de maintenant, est déterminant.

Elle observe le contenu du plateau, incrédule. Qu'a-t-elle fait ? Que s'est-il passé exactement pour qu'elle en arrive là ? À quel moment tout a-t-il basculé ? Elle est incapable de répondre à ces questions, mais il y a une chose dont elle est sûre, elle doit s'enfuir tout de suite.

Elle enlève son tablier, va chercher dans sa chambre son rosaire et son châle. *Sainte Marie, mère du monde, protégez-moi maintenant. Aidez-moi à vous rejoindre…*

Elle s'en va par la porte de service. Personne ne s'aperçoit de son départ, ils sont encore dans le salon. Elle marche vite, longe le Cher. Pour rejoindre cette mère du monde qu'elle appelle de ses vœux, il n'y a qu'un seul endroit : l'église. S'y cacher, prendre le temps de prier. Première étape d'un long chemin et, même si elle ne sait pas encore lequel, Céleste avance, déterminée, portée par le vent.

Elle entre dans l'église à une heure où elle est peu fréquentée. Elle se couvre la tête de son châle, trempe deux doigts dans le bénitier et se signe. Elle s'assoit dans un recoin sombre. Elle prie sans cesse, égrenant son rosaire. Elle se balance au rythme des mots qui peu à peu la plongent dans une torpeur douce. Oublier, oublier. Ici, elle ne ressent plus rien.

Bientôt le sacristain passe, elle l'entend qui ferme l'église à clé. Elle est seule. Elle va enfin pouvoir aller dans le cœur du sanctuaire, là où la Vierge l'attend, là où personne ne pourra la rejoindre. Là où la pulsation du monde commence, sa résonance et son harmonie aussi : le cœur de l'orgue. Se cacher à l'intérieur de son buffet.

L'église est si sombre à présent qu'elle n'y voit presque plus rien. À tâtons, elle trouve la porte près de l'entrée par où l'on accède à l'escalier qui grimpe, abrupt, vers l'instrument. Elle monte, trébuche, s'agrippe aux marches vermoulues. Arrivée en haut, elle caresse le tabouret de l'organiste, s'assoit, frôle avec la pointe de ses pieds les pédales, n'ose pas toucher le clavier. La musique céleste n'est pas pour elle. Tout ce qu'elle veut, c'est se gorger de silence.

Sur la joue du buffet, elle ouvre une autre petite porte. Elle a trouvé sa cachette. Elle la referme derrière elle, et s'allonge sur la plate-forme exiguë au milieu des tuyaux et du bois. Cet endroit où même l'instrumentiste ne pénètre que rarement.

Quand elle était enfant, l'organiste de son village lui avait expliqué comment fonctionnait un orgue. Elle avait été fascinée par sa complexité, mais aussi par la majesté du son, sa grandeur à l'image de Dieu. Elle n'y avait jamais repensé jusqu'à ce jour, jusqu'à cet instant précis de sa vie où aucun autre lieu ne peut l'accueillir.

Céleste s'endort aussitôt au chaud du bois, recouverte de son châle, le rosaire serré dans sa main. Elle s'abandonne à la volonté de sa protectrice, de celle qui l'accompagne depuis toujours. Et Céleste, tout à coup, n'a plus peur. Il ne lui arrivera rien qui ne soit écrit, rien qui ne soit décidé par les cieux, rien qui ne lui permette d'expier ses fautes. La Vierge l'entend, il est impossible qu'il en soit autrement. Elle lui parle, lui explique que le chemin parcouru était juste, qu'il était utile, qu'elle a fait de son mieux toujours, qu'elle ne voulait de mal à personne, surtout pas à Adrien et Victoire, qu'elle les a aimés comme jamais. *Sainte Marie, mère du monde, je suis entre vos mains…*

Elle dort longuement, paisiblement, sans se soucier ni du temps ni de l'heure. Elle s'éveille parfois et, lorsqu'elle se souvient de l'orgue, se laisse happer à nouveau par ce sommeil lourd. Ce n'est que bien plus tard, le lendemain matin, qu'elle se réveille en sursaut, au son des tuyaux qui lui vrille les oreilles. Elle s'extirpe rapidement du buffet et se retrouve nez à nez avec l'organiste. Elle ne l'avait jamais rencontré auparavant. C'est un homme grisonnant avec une longue barbe et des moustaches, qui la regarde derrière d'épaisses lunettes :

« Que fais-tu là, mon petit ?

— Je suis venue dormir. »

La réponse de Céleste ne semble pas le surprendre. Il poursuit :

« Il est beau mon orgue, n'est-ce pas ?

— Très ! Et on y dort très bien ! »

Céleste s'étire et s'assoit près de lui :

« Jouez-moi quelque chose… »

Il attaque une toccata de Bach. L'église se vide de son silence pour s'emplir de cette splendeur sonore.

« Mon Dieu, que c'est beau ! s'extasie Céleste.

— Depuis peu, j'ai un petit moteur électrique. Avant, j'étais obligé de payer un souffleur, maintenant je peux venir jouer quand je veux. »

Il lui sourit, avant d'être pris d'une terrible quinte de toux. Il sort précipitamment son mouchoir de sa poche et crache dedans. Son visage, transformé par l'effort, est tout violacé. Il s'essuie la barbe.

« Vous êtes malade ?

— La phtisie, mon petit. Je n'en ai plus pour très longtemps, mais tant que je pourrai jouer, je serai là. D'ailleurs, tu ferais mieux de t'éloigner pour ne pas l'attraper.

— Non, je ne suis pas ici par hasard. C'est elle qui m'envoie. » Céleste pointe le ciel en disant cela.

Ils demeurent longtemps à deviser, l'un près de l'autre. Cette familiarité soudaine les enveloppe, les réconforte – ils se savent tous les deux perdus. Céleste a compris pourquoi la Vierge a mis cet homme chaleureux sur son chemin. Afin qu'elle attrape, à son tour, la phtisie. La voix lumineuse de sa protectrice lui intime l'ordre de rester là, d'attendre la maladie qui viendra tout clore, tout arranger. En se retirant de la vie, elle se retirera de celle des autres. Tout deviendra alors si simple ! Son âme à elle accrochée au manteau virginal, leurs vies à eux, sur terre, comme une famille unie. *Sainte Marie, mère du monde, merci de m'ouvrir ce chemin, il sonne si juste aujourd'hui…*

Céleste ne veut surtout pas que la phtisie lui échappe. Dans un moment d'inattention de son nouvel ami, elle lui vole son mouchoir, maculé de sang et de glaires. Elle le cache dans sa robe, et dès qu'elle sera seule, pourra le respirer, s'en imprégner tant et si bien que la volonté divine sera accomplie.

Huguette s'aperçoit de l'absence de Céleste quand les deux domestiques employés pour la journée prennent congé. Elle cherche dans le jardin, la maison. Mais la jeune bonne semble s'être volatilisée. Huguette, exténuée, ne s'inquiète pas outre mesure. Il lui arrive parfois, le service fini, d'aller se promener ou de faire une course. Mais elle aurait quand même dû les prévenir ! Huguette rentre chez elle, ne doutant pas que Céleste soit de retour le lendemain matin. Mais quand, à sept heures, elle n'est ni dans la cuisine ni dans sa chambre, Huguette s'en veut d'avoir été si négligente. Elle prévient Victoire lorsqu'elle lui porte le petit déjeuner.

En ouvrant les volets, elle dit simplement :

« On a perdu Céleste, on ne sait pas où elle est.

— Comment ça, vous ne savez pas où elle est ? »

Victoire s'est relevée précipitamment.

« Je suis allée voir dans sa chambre. Le lit est fait, le tablier plié. Elle a dû partir hier soir. »

Victoire est maintenant debout, elle tourne en rond :

« Mais, faites quelque chose ! Prévenez les gendarmes ! Je ne sais pas, moi... Trouvez-la !

— Calmez-vous, madame. Elle va sûrement revenir d'elle-même.

— Mais, s'il lui est arrivé quelque chose ? »

Adrien se met à pleurer. Victoire se bouche les oreilles :

« Et descendez le petit, donnez-lui à manger dans la cuisine. Je veux être seule. »

Huguette ne s'attendait pas à une réaction si virulente de la part de Victoire. Elle descend avec l'enfant et, après lui avoir donné le biberon, informe Anselme. Lui saura certainement ce qu'il faut faire. Sa réponse est à l'opposé de celle de sa femme :

« Qu'est-ce que vous voulez que ça me fasse, Huguette ! Elle reviendra. Où voulez-vous qu'elle aille ? Et si elle ne revient pas, on trouvera une autre bonne ! »

Dans son for intérieur, il n'est pas mécontent de cette disparition. Si elle pouvait ne pas réapparaître, ça arrangerait bien nos histoires, pense-t-il.

Victoire s'est habillée prestement, sans l'aide de personne. Elle est dans la cuisine et discute avec Huguette. Elle s'est un peu calmée.

« Madame, monsieur est d'avis qu'on attende un peu. Elle va sûrement rentrer.

— Ça ne m'étonne pas de lui… Dites à Pierre de faire un tour en ville. Il la verra peut-être. Allez-y tout de suite !

— Bien, madame. »

Comme à son habitude, Victoire installe le couffin sous le piano. Il faut qu'elle occupe ses mains. Elle pose la sonate *Au clair de lune* sur le pupitre. Comme un talisman. Elle se jure de la jouer jusqu'au retour de Céleste. Elle joue de tout son corps, de toute son âme, avec une ferveur si intense qu'il lui semble atteindre une autre dimension du monde. Une ivresse qui la rend lisse aux autres, perméable à une seule : Céleste.

« Reviens, ne m'abandonne pas, murmure-t-elle alors que ses doigts courent sur les touches. Céleste, si tu reviens, je te promets que l'on partira. Toutes les deux, ou tous les trois avec Adrien, comme tu le désireras. On trouvera de l'argent… Je ne sais pas… Je pourrais travailler. Pourquoi pas ? »

Elle reprend son souffle et recommence la sonate, ce premier mouvement qui lui a révélé l'amour dont elle était capable, cet éblouissement dont elle se croyait étrangère.

« Quand tu seras revenue, on fera un plan précis. On pourrait passer chez ma cousine à Blois, puis on retournera quelques jours à Paris. Tu te souviens de chez Maxim's ? On était heureuses, on était libres. Et pourquoi pas tout le temps ? Pourquoi es-tu partie ? Pourquoi ne m'as-tu rien dit ? Tu t'es doutée de ma conversation avec le père Gabriel ? Maintenant que tu n'es plus là, je me fiche de tout ça, de la morale, de ce qu'ils en diront. Je veux être près de toi, c'est tout… »

Ses doigts filent sur le clavier.

« Reviens, nous trouverons l'argent et le chemin pour partir loin… »

Appuyé contre la porte, Anselme l'observe depuis quelque temps déjà. Pourquoi ne s'abandonne-t-elle pas à lui avec cette intensité-là ? Le piano est un exutoire que la vie ne lui offre pas.

Il est triste, mais c'est elle qui le pousse à de telles

extrémités. Il aimerait ne pas avoir à le faire, du moins pas si ouvertement. Mais c'est de sa faute à elle. Lui est persuadé d'avoir déjà tenté l'impossible, d'avoir accepté ses caprices, ses sautes d'humeur, ses incompréhensions. Peut-être lui faut-il cette dernière provocation pour qu'elle revienne vers lui, pour qu'elle comprenne ce qu'elle perd, la gravité de la situation ? Elle ne le voit pas approcher, elle sursaute quand il pose ses mains sur ses épaules. Ses doigts s'arrêtent instantanément de jouer.

« Victoire, ce soir je ne serai pas là, j'ai prévu une soirée entre hommes avec Joseph à Tours. »

Il attend quelques instants qu'elle réagisse. Aucune réponse. Alors il repart et, dès qu'il a franchi le seuil, la musique de Beethoven envahit à nouveau l'espace. La tension et l'agitation ambiantes n'ont pas entamé le repos du petit Adrien qui, paisible, poursuit son sommeil dans son couffin.

Pierre est allé en ville, a cherché. Chez les commerçants, il a montré le mot qu'il avait préparé :

Céleste, la bonne de monsieur et madame de Boisvaillant, a disparu. L'avez-vous vue ?

Personne ne l'a vue, mais tous ont promis de les prévenir s'ils apprenaient quelque chose. Pierre est entré une première fois dans l'église. Il ne l'a pas trouvée. Elle était couchée dans le buffet, dans l'obscurité de son cocon. Elle respirait le mouchoir, s'agrippait au rosaire.

Ce n'est que plus tard, quand elle ressort en fin d'après-midi pour discuter avec l'organiste, qu'elle remarque Pierre de dos, assis sur l'un des bancs de la nef. Elle descend et s'assoit près de lui. Il l'observe longuement. Elle finit par lui dire :

« Il paraît que vous parlez ? »

Pierre hausse les épaules, mais lui prend la main pour lui faire comprendre qu'ils doivent rentrer maintenant. Son geste est doux, sans aucune agressivité. Elle lui sourit et acquiesce de la tête. Elle doit juste aller chercher son châle et son rosaire.

En haut, elle embrasse la joue de l'organiste :

« Merci, monsieur. Vous ne pouvez pas imaginer ce que vous avez fait pour moi. »

Dans le buffet, reste le mouchoir maculé qui a fait son œuvre.

Quand Céleste et Pierre reviennent, Anselme est déjà parti pour Tours. Victoire est encore au piano, exténuée, à bout de forces, elle s'est à peine arrêtée de jouer. Huguette la prévient :

« Ils sont rentrés. »

Victoire se lève d'un bond, court dans le vestibule et, dans un élan passionné, serre Céleste dans ses bras :

« Tu es là, tu es là ! Dieu merci ! »

Céleste se détache de son étreinte et, sous les regards sidérés de Pierre et Huguette, lui répond poliment :

« Oui, madame. Je vous prie de m'excuser de ce départ impromptu. Cela ne se reproduira plus, je vous le promets.

— Ce n'est rien, l'essentiel est que tu sois rentrée. J'ai eu si peur que tu ne reviennes jamais. »

Pierre et Huguette s'étonnent de l'effusion de Victoire, mais ils sont loin de deviner ce qu'elle cache. Plus tard, dans leur petite maison, Huguette en conclura qu'elle est comme ça, madame, avec des hauts et des bas, parfois trop, parfois pas assez, et puis

Céleste a porté son fils, elle doit se sentir une dette envers elle. « Ça doit être ça, non ? » Et Pierre hochera la tête.

Victoire dîne sur la terrasse, elle attend que le temps passe, et de se retrouver seule avec Céleste afin de lui faire part de son projet. Elle l'a élaboré tout l'après-midi. Vers dix heures du soir, Huguette et Pierre rentrent chez eux. Adrien est couché. Victoire va chercher Céleste dans sa petite chambre du haut :

« Viens dans le salon, j'ai à te parler.

— Pourquoi au salon et pas ici ? »

Victoire s'impatiente :

« Parce que. Viens ! C'est une discussion sur notre avenir.

— Mais, monsieur ?

— Il a suivi mon avis. Il est au bordel avec Joseph. »

Aucune émotion n'affecte sa voix. Elles s'assoient côte à côte sur le canapé. Céleste est gênée, sa place n'est pas là. Victoire jubile, pensant justement donner à Céleste celle qu'elle mérite :

« J'ai pensé à toi toute la journée, tu ne peux pas savoir. Je n'ai pas cessé de jouer du piano, la sonate *Au clair de lune*, celle qui m'a fait comprendre combien nous étions liés tous les trois, de manière charnelle, indescriptible. »

Victoire fait une pause. Elle fixe ardemment Céleste et lui prend les mains avant de poursuivre :

« Touche mes doigts. Ils ont joué pour toi tout le jour. Chaque note était une prière…

— J'ai beaucoup prié aussi.

— Pourquoi es-tu partie ? Que s'est-il passé ? »

Céleste ne veut pas révéler l'insulte du père Gabriel. Elle sait que cet homme compte pour Victoire, et puis il est celui qui lui a montré le chemin de la rédemption. Elle répond simplement :

« J'avais besoin de penser à toi, à Adrien. De comprendre pourquoi, comment faire. J'ai prié et j'ai compris. Ne t'inquiète pas ! Tout ira bien à présent, finit-elle par dire en souriant.

— Comme tu es belle, Céleste. Tout ça n'a plus d'importance, maintenant que tu es là. Ce qui compte, pour moi, c'est toi, que tu sois revenue… »

Victoire la prend dans ses bras, le corps de Céleste se raidit. Elle ne lui rend pas son étreinte.

« Que se passe-t-il ? Tu ne m'aimes plus ? »

Victoire l'observe attentivement :

« Il y a quelque chose dans ton regard… »

Et elle poursuit sans reprendre son souffle :

« Partons toutes les deux. Tous les trois, se reprend-elle, nous irons d'abord à Blois chez ma cousine. Elle me prêtera de l'argent pour que nous allions plus loin, d'abord à Paris, puis sur la côte pour prendre un bateau vers les États-Unis. Là-bas, tout est possible, une nouvelle vie. On se fiche des autres tant qu'on est ensemble ! Laisse-moi faire, je vais tout organiser…

— Victoire, c'est de la folie ! »

Céleste veut gagner du temps. Le baptême d'Adrien est dans un mois et elle tient absolument à le voir baptisé. Elle tâche de la tranquilliser :

« Que dira ta famille ? Nous sommes ici dans

une belle maison, la tienne. Restons calmes. Il y a le baptême. Et je ne suis pas loin, toujours là, près de toi…

— Tu ne m'aimes pas comme je t'aime !

— Si tu savais, Victoire, si tu savais… Mais il ne s'agit pas de ça. Adrien est trop petit pour entreprendre un tel voyage. Soyons patientes !

— Tu as peut-être raison, mais comment rester calmes ? »

Céleste élude, se veut rassurante :

« Et puis, Adrien a besoin d'un foyer stable. Tu devrais peut-être te rapprocher d'Anselme…

— Comment peux-tu dire ça ? Alors qu'il est au bordel ! On dirait le père Gabriel qui parle ! »

Céleste a un mouvement de recul dont Victoire ne s'aperçoit pas.

« D'accord, je serai patiente, mais ne me parle plus d'Anselme, s'il te plaît… Dis-moi si, en attendant, je peux faire quelque chose pour toi ? »

La bonne réfléchit et finit par répondre :

« Oui, en fait, il y a bien quelque chose. La robe que je portais à Paris. Pourrais-tu me la prêter ? J'aimerais la garder…

— Mais bien sûr, cette robe est à toi. Allons la chercher ! »

Elles sont maintenant dans la chambre de Victoire. Céleste, la robe dans les bras, la remercie et s'apprête à s'en aller. Victoire tente de l'embrasser. Elle voudrait l'aimer, sentir son corps contre le sien, la plénitude de leurs peaux l'une contre l'autre. Elle l'enlace et lui susurre :

« Reste près de moi ! »

Mais Céleste se dérobe :

« Je vais remonter » – elle cherche ses mots – « regarde, Adrien s'est réveillé… Ne t'inquiète pas ! »

Et elle s'enfuit.

Céleste commence à tousser quelques jours plus tard. *Sainte Marie, mère du monde, merci de m'aider à accomplir votre volonté...* Céleste travaille, et se cache pour tousser. Elle ne veut alerter personne. Elle évite Victoire.

Une nuit, quand cette dernière vient frapper à sa porte, Céleste s'excuse, lui dit qu'elle a attrapé froid. Elle ajoute qu'il faut prendre le temps. Victoire entre tout de même, et s'assoit sur le lit. Adrien dort en bas, dans sa chambre à elle.

« Je m'inquiète, Céleste, il y a quelque chose que tu me dissimules.

— Non, Victoire, je me suis remise à prier, et j'ai compris que, pour l'instant, l'essentiel était qu'Adrien grandisse. »

Victoire scrute son visage, y cherche un secret avant de poursuivre, pensive :

« Depuis qu'Anselme est allé au bordel, je me sens mieux. Je crois qu'il nous fichera la paix. Il semble même content... Je suis d'accord pour attendre, mais pas trop. Et dis-moi si tu veux qu'on fasse venir le docteur. »

Céleste répond en riant :
« Penses-tu ! Je suis plus forte que ça ! »
Victoire repart quelques minutes plus tard. Céleste préfère ne pas l'embrasser, prétextant cette maladie de rien du tout. Elle ajoute :
« Pensons au baptême, c'est le plus important ! Le petit Adrien baptisé... »

Les préparatifs s'accélèrent. Les dragées, les fleurs, le menu, les invités, la venue du photographe, la robe – Anselme n'a pas cédé, ce sera bien la sienne. Céleste participe à l'enthousiasme général plus que tout autre, elle a hâte de voir Adrien sous protection divine.

Les jours passent, les jours volent. Huguette, elle-même absorbée par l'élan collectif, s'aperçoit à peine de la maigreur soudaine de Céleste et de ses absences répétées. Céleste ne mange pas, elle n'y arrive plus. En quelques semaines, l'appétit a cédé la place à la toux et aux sueurs froides, qu'elle accueille comme une ultime étape offerte par la Vierge avant de la rejoindre. Elle n'éprouve aucune souffrance, au contraire. Elle veut en finir rapidement. La nuit, elle ouvre grand sa fenêtre pour faire entrer l'humidité et la lune. Affaiblir son corps un peu plus, de l'eau et du pain, à peine. *Sainte Marie, mère du monde, vous retrouver au plus vite...*

La veille du baptême, au petit matin, alors que les deux bonnes préparent le petit déjeuner de madame, Céleste est prise d'une quinte de toux qui lui retourne les poumons. Elle n'a pas le temps de se cacher, et finit par cracher dans son tablier. Huguette soudain s'inquiète, elle voit tout à coup son teint pâle, sa maigreur :

« Qu'est-ce qu'il t'arrive ? Pourquoi tu ne nous as pas dit que tu étais si malade ? Il faudrait faire venir le médecin…

— Surtout pas ! J'ai juste pris froid. Rien de grave ! Demain, il y a le baptême, c'est le plus important… »

Mais Huguette ne l'écoute pas et, quand elle porte le petit déjeuner à madame, lui fait part de ses craintes :

« Vous avez raison, Huguette. Faites venir le médecin immédiatement ! Qu'il lui donne ce qu'il faut pour la remettre sur pied. »

Il arrive en début d'après-midi. Céleste ne veut pas être auscultée, dit que « tout va bien, j'ai pris froid dans l'église, vous êtes venu pour rien… ». Mais quand, sans pouvoir se réprimer, elle tousse devant lui, le docteur lui intime l'ordre d'aller dans sa chambre. Il la suit, lui prend le pouls, observe sa langue, lui demande depuis combien de temps les symptômes ont commencé.

« Depuis si peu de temps ! Mon Dieu, c'en est une galopante ! »

Il poursuit en fronçant les sourcils et en prenant un ton le plus paternaliste possible :

« Ma petite, sais-tu ce qu'est la phtisie ? »

Céleste hausse les épaules, elle sait qu'elle en mourra, c'est tout. Il semble lire dans ses pensées.

« Ne t'inquiète pas, il faut prendre du repos pour pouvoir lutter efficacement contre cette saloperie. Je vais en parler à madame de Boisvaillant. »

Céleste s'insurge :

« Surtout pas ! Laissez-moi faire. Demain, ils baptisent leur fils. Ne les tracassez pas, je vous en prie ! Je me reposerai, je vous le promets.

— Bien, bien… Je lui en toucherai deux mots tout de même, sans l'inquiéter. Je te conseille d'ici là de boire du vin chaud avec du miel matin et soir. Ça te donnera des forces. Et surtout, ma petite, ne t'approche de personne ! Tu pourrais les contaminer…

— Bien, monsieur.

— Je repasserai la semaine prochaine.

— Ce ne sera pas la peine… »

Le médecin la regarde attentivement. Elle est très pâle, elle a tous les symptômes, les pires même. Il en a vu des malades, et il n'est plus pris à la gorge comme il l'était à ses débuts quand il soignait un patient alors qu'il le savait condamné. Il fixe Céleste. Oui, elle y passera certainement, mais il y a quelque chose d'inhabituel qui brille dans son regard, et tout son corps semble vibrer. Il n'a jamais vu cela auparavant. Il lui dit :

« C'est ta foi, n'est-ce pas ?

— C'est exactement ça… »

Quand il s'apprête à partir, et à aller rendre compte de la consultation à Victoire, Céleste lui répète une dernière fois :

« Dites, vous ne l'inquiéterez pas ? Elle est si sensible. » Les larmes lui montent aux yeux. « Depuis qu'elle est mère, la moindre chose la touche, vous savez… Et demain, il y a le baptême… »

Le médecin a simplement dit qu'elle avait pris froid et qu'il lui faudrait du repos.

« Rassurez-moi, docteur. Rien de grave ? lui a-t-elle demandé.

— Beaucoup de repos ! Qu'elle ne s'approche de personne, et surtout pas de l'enfant, avant sa complète guérison. »

Quand Céleste s'éveille le lendemain matin en voyant le soleil étinceler à travers sa fenêtre, elle remercie le ciel de leur offrir une si belle journée. Elle s'habille rapidement, elle a hâte. C'est aujourd'hui qu'Adrien va rencontrer le Seigneur pour la première fois.

Depuis qu'elle se sait malade, elle ne dit plus « mon fils », elle dit « Adrien ». Dans son esprit et son cœur, il a trouvé une place particulière, nouvelle. Une place pour eux deux, et personne d'autre. En lui donnant la vie, elle lui a donné le meilleur d'elle-même. *Un peu de ma chair en toi. Toute mon âme dans ton petit corps.*

Huguette est dans la cuisine, anxieuse. Elle se plaint de ne pas avoir fermé l'œil de la nuit.

« Moi, j'ai bien dormi ! Je me sens beaucoup mieux même ! » Céleste ment à peine tant elle est heureuse.

« C'est bien, ça veut dire que tu vas guérir et qu'on va pouvoir être efficaces. Parce qu'on a du pain sur la planche aujourd'hui ! »

On dresse des tables dehors pour le grand buffet qui suivra le baptême. Des fleurs partout, des guirlandes. Victoire y tenait particulièrement. « C'est le printemps, c'est le renouveau de la vie ! C'est le baptême de mon fils ! »

Dans son esprit, Victoire ne l'appelle plus Adrien, mais « mon amour », « mon fils », le seul peut-être. Mon fils, mon fils, se dit-elle en sortant la robe Poiret de sa boîte. Elle se regarde très longuement dans le miroir. Oui, je suis belle. Finalement. Pour ce jour tant attendu. Cette robe nouvelle, pour toujours liée à Céleste. Céleste, toi si bien nommée. Porter cette robe, c'est écouter tes soupirs au creux de mon oreille, c'est sentir ta langue caresser, soigner ce lobe que j'ai tant maltraité, c'est avec mes doigts plonger dans la douceur de ton sexe. Cette robe, c'est toi à Paris, c'est la liberté que nous avons tenue, que nous avons portée comme un secret, et que bientôt nous vivrons à loisir sous ce même soleil. Y penser et jouir de ce bonheur touché, volé, arraché à la vie.

Victoire coiffe ses longs cheveux, elle les retient en chignon. Quand on partira, je les couperai. Victoire se regarde encore. Ce miroir qu'elle détestait, cette image fracassée d'elle-même, elle en rit aujourd'hui. Il lui manquait cette si belle robe, et un fils. Elle les a maintenant, quelle allégresse ! Elle ressent d'ailleurs une certaine compassion pour Anselme. Il fait de son mieux. Elle sait que, dans le fond, il a de l'affection pour elle, qu'il a bon cœur, certainement meilleur que le sien. N'a-t-il pas toujours essayé de faire un pas vers elle ? Après tout, elle ne lui en veut pas. Mais il y a aussi des choses que l'on ne peut apprivoiser, qu'il ne saura jamais, qu'il ne peut comprendre.

« Aujourd'hui est une fête, oublions tout cela ! »

Et la fête est belle, splendide. Le parrain, Joseph, et la marraine, Adélaïde, sœur de Victoire, sont très heureux eux aussi. Ils s'extasient devant la beauté du petit. Sarah, malgré sa tenue extravagante, reste discrète.

À onze heures trente, Adrien Joseph Anselme de Boisvaillant est baptisé. Huguette, Pierre et Céleste, qui sont au fond de l'église, ne peuvent retenir leurs larmes. Chacun a ses raisons. Huguette revoit le baptême d'Anselme – c'était hier, mon Dieu, le temps passe si vite. Et ce petit enfant qui est là, qu'est-ce qui l'attend ?

Pierre pleure, pourtant il en a vu d'autres, mais les églises et les bons sentiments le bouleversent toujours. Quand on a vécu dans sa chair ce qu'il y a de plus obscur, on comprend combien il faut choyer la lumière, aussi éphémère soit-elle.

Céleste pleure l'organiste. Il a été remplacé. Le sacristain n'a pas eu à lui expliquer pourquoi.

Les guirlandes, les fleurs, le buffet remportent un franc succès. Les jeunes gens en livrée, embauchés pour le service, virevoltent entre les petites tables dressées sous les arbres avec élégance. Les efforts culinaires d'Huguette sont récompensés.

Céleste observe tout cela depuis la fenêtre de sa chambre. Elle a dû monter pour se reposer. Elle voit Adrien, endormi dans son landau. Victoire, qui passe des uns aux autres, qui danse presque. Sa joie resplendit, rejaillit sur chacun des visages. Céleste sourit aussi. Elle est bien heureuse d'être là pour voir tout cela. Là, et un peu lointaine.

Le petit Adrien, maintenant réveillé, est dans les bras de sa mère. Céleste tend les siens. Son cœur se serre, il y a la fenêtre entre elle et le monde. *Petit Adrien, tu es si proche pourtant.* Et tout son amour éclate dans son corps. Elle l'a porté. Il est une lumière qui traverse le temps.

Le photographe arrive dans l'après-midi. L'euphorie s'est dissipée, les voix ont retrouvé leurs hauteurs normales. La digestion aidant, certains se sont assoupis sur leurs fauteuils. Anselme et sa mère, lassés d'une conversation qui ne menait nulle part, ont préféré la compagnie de Morphée.

Victoire le réveille en lui tapotant l'épaule :

« Il est là, le photographe ! »

Anselme se lève, lisse sa moustache, et va saluer le nouveau venu. Il se présente avec tout son matériel. Les hôtes, à la curiosité soudain attisée, forment un petit essaim autour de lui. Chacun aimerait toucher, poser des questions. Marguerite de Champfleuri glousse et s'exclame bientôt :

« C'est tout de même un peu diabolique de nous capturer dans cette boîte à soufflet ! »

Le photographe ne se lasse pas de l'effet qu'il fait. Il explique avec patience, avec passion, cette nouvelle technique. « Non, ça ne capture rien d'autre que la lumière posée sur vous. » « Oui, c'est extraordinaire. » Non, ils ne perdront rien de leurs âmes. Il le jure.

Le père Roger s'est approché et confirme. Le photographe poursuit :

« Oui, vous resterez tous intègres de corps et d'esprit, mais ça ne vous les rendra pas si vous les avez déjà perdus ! »

Et la petite assemblée de s'esclaffer. Mais il est temps de s'installer.

« Mettez-vous au milieu de la pelouse. Mesdames, ce n'est pas la peine de prendre vos ombrelles. »

Ces dames sont déçues, elles vont cligner des yeux à cause du soleil et ce ne sera pas joli. Mais le photographe est intraitable. Pas d'ombrelles !

On fait d'abord une photo avec tout le monde. Adrien dans les bras de madame, monsieur à ses côtés, avec les parrain et marraine. Puis tous les autres. Ça chahute pour se mettre en place. Ils se figent tous quand le photographe passe sous sa cape noire. Il en ressort aussitôt :

« Souriez, voyons ! C'est un jour heureux. C'est la photographie que le petit regardera plus tard ! On n'est pas à un enterrement ! »

Ils sont toujours aussi figés, mais ils sourient.

« Parfait ! » s'exclame le photographe.

On fait plusieurs clichés. Avec Joseph et Adélaïde seulement, avec les grands-parents, les sœurs, les autres. On ne s'arrête plus, on se prend au jeu. Et puis, il y a la plus importante, qu'ils auraient oubliée si le photographe ne la leur avait pas rappelée, celle avec uniquement les parents. Adrien s'est endormi dans les bras de Victoire malgré le brouhaha. Henriette de Boisvaillant arrange la robe de baptême de son petit-fils pour qu'elle tombe joliment. Victoire sourit, elle est resplendissante, cette photographie sera tellement mieux qu'un tableau. Elle serre un peu plus étroitement son fils. Mon fils, mon amour.

Anselme, engoncé dans son costume, ne sait comment se placer. Il sourit aussi, il n'a pas eu la chance d'avoir une photographie de son père. C'est important de le faire pour Adrien, et c'est maintenant. Il se tient bien droit.

« Rapprochez-vous de madame, voyons ! Mais encore plus ! »

Les rires fusent. Anselme hésite, puis prend Victoire par la taille. Immortalisons cet instant, se dit-elle. Le bonheur d'une famille nouvelle, unie, et maintenant gravée par la lumière. Ils sourient le temps que le photographe se cache sous la cape. Lorsqu'il en ressort en proclamant, une fois encore, que c'était parfait, Anselme dépose un baiser sur la joue de Victoire. La petite assemblée applaudit ce geste tendre.

Alors que la séance de pose semble terminée, Victoire a une idée soudaine :

« Il y en a une autre que je voudrais faire, monsieur. Vous permettez ? Il faut que j'aille les chercher.

— Bien entendu, madame de Boisvaillant.

— Que se passe-t-il ? demande Anselme.

— Je voudrais faire une photographie avec toute la maison. C'est-à-dire : Huguette, Pierre et Céleste. »

Elle ajoute, en le regardant droit dans les yeux :

« Ils ont été là pour nous, plus que tous les autres…

— Tu as raison, appelons-les ! »

Huguette arrive bientôt de son pas lourd :

« Mais, laissez-moi le temps de me recoiffer, de me

changer ! Je ne savais pas, moi ! Et puis, il me fait peur cet engin !

— Ne vous inquiétez pas, la rassure Victoire, vous êtes très bien coiffée. Enlevez juste votre tablier et le tour est joué ! »

Pierre hésite à ôter sa casquette qu'il a perpétuellement vissée sur la tête. Il finit par la garder. Céleste ne dit rien, elle attend qu'on la place. Henriette de Boisvaillant s'exclame, devant sa carnation si pâle :

« Qu'elle est belle, cette enfant ! »

Céleste lui sourit. Elle les regarde, tous autant qu'ils sont, cette famille d'un temps, une dernière fois.

On se replace au milieu de la pelouse. Le couple Boisvaillant au centre, Pierre et Huguette à côté. Un peu à l'écart, près de Victoire : Céleste.

L'objectif et la lumière s'accordent pour que jamais ne s'oublie cet instant fugace. Le début de la vie d'Adrien, prémices d'un chemin de joies et de peines. Image parfaite, image pour toujours fixée. Trace légère sur un papier jauni.

Céleste attend toute la nuit que le jour se lève. Elle a observé la lune sur l'arbre, puis elle l'a vue disparaître, et peu à peu la lumière est revenue. Elle prépare son baluchon, elle n'a presque rien à prendre, juste la robe. Elle la plie avec son châle. Entre les deux : le rosaire. Elle est prête.

Elle jette un dernier regard sur la chambre, le petit lit en fer, la chaise, la commode, tout ce qui a fait son monde ces dernières années. Par la fenêtre, elle contemple le jardin. Il y a de la lumière chez Huguette et Pierre. Il est temps.

Elle fait des signes derrière les carreaux, Pierre lui ouvre.

« Pierre, est-ce que vous pouvez me ramener dans mon village ?

— Qu'est-ce qu'il y a ? »

C'est Huguette qui apparaît.

« J'aimerais que Pierre me ramène dans mon village.

— Pour quoi faire ?

— Pour me reposer un peu…

— Mais madame et monsieur sont au courant ?

— Pas vraiment… Je comptais sur vous pour leur dire. Je reviendrai bientôt.

— Mais, ça ne va pas ! »

Huguette sort de ses gonds.

Pierre lui prend le bras et, d'un signe de tête, lui intime l'ordre de se taire. Il a compris ce que sa femme n'a pas su percevoir. La maigreur, la faiblesse et, surtout, les pupilles brûlantes. Il les connaît. Ça le ramène des années en arrière. Il sent qu'elle est déterminée, il l'accompagnera jusqu'à son village. Il hoche la tête.

« Merci, merci, Pierre. »

Il leur faut deux heures pour rejoindre le bourg. Pendant tout le trajet, Céleste se tait. Avec Pierre, c'est bien, on peut profiter du paysage sans se sentir obligé de parler… Et la campagne est si belle, les arbres, le ciel, cette route.

Mon Dieu, je ne les avais jamais vus ainsi… Mes yeux s'ouvrent.

Ils arrivent bientôt. Céleste fera le reste du chemin à pied. Pierre l'aide à descendre de la calèche. Ils sont maintenant face à face. Il ôte sa casquette, plonge son regard dans les pupilles brûlantes de Céleste et, soudain, la serre fort dans ses bras. Une étreinte qui fait trembler tous ses membres.

« Merci, merci, Pierre. »

Il la serre une fois encore, puis remet sa casquette, et repart rapidement. De la vie, on ne garde que quelques étreintes fugaces et la lumière d'un paysage.

Céleste, à présent, marche sur la route. Elle sait qu'il lui faudra une bonne heure encore.

Comme cette nature est douce.

Plus loin sur le chemin, elle aperçoit un fourré. C'est là qu'elle va pouvoir se changer. Et bientôt la voilà vêtue de sa belle robe. Sa robe parisienne, sa robe du souvenir, qu'elle porte comme la peau de Victoire. Elle laisse dans le fourré le reste de ses affaires.

Exténuée, à bout de souffle, elle arrive dans la clairière. Avec le peu de forces qu'il lui reste à présent, elle danse. Elle relève sa robe et danse follement. Avec Victoire, avec Adrien, avec celles qu'elle a croisées à Paris, avec son père, sa mère, avec ceux qu'elle a aimés.

Une danse vive, la dernière.

Sainte Marie, mère du monde, venez ici, maintenant, me rejoindre. J'espère me fondre dans cette clairière. Là où je suis toujours venue, là où je pose mes pas une dernière fois. Je sens le soleil sur mes doigts, je ferme les yeux, et je vois Victoire.

Victoire, lumière de ma chair, je te laisse Adrien, enfant de notre amour. Je t'ai vue le prendre dans tes bras. Et la lumière a éclaté en moi, me donnant la force de partir et de vous laisser pour toujours. Je ne veux plus être qu'un souvenir brûlant porté par vos âmes.

Sainte Marie, mère du monde. Je regarde le ciel et je vous vois. Derrière les nuages, vous êtes là. Je m'allonge sur l'herbe, fauchée par cette clarté aveuglante.

Victoire, ton visage est tout près du mien, je sens ton souffle. Il est frais, presque froid. Je ne comprends pas tes mots, mais ils sont doux, tellement. Je plonge dans tes yeux et me noie dans ton regard. Tu m'accueilles et, par ta grâce, le ciel s'ouvre pour nous seules, et nous dansons, dansons, si étroitement enlacées que nos corps ne font qu'un.

Notre peau dans le ciel si clair.

Nos yeux. Je les ferme.

Je suis le ciel.

Je suis toi.

Un immense merci à Cyril Auvity
pour sa lecture attentive et sensible, son soutien sans faille.

DE LA MÊME AUTRICE :

La Grâce du cyprès blanc, Le temps qu'il fait, 2010
Rêves oubliés, Sabine Wespieser éditeur, 2012 ; Points, 2013 ; Le Livre de Poche, 2024
Pietra Viva, Sabine Wespieser éditeur, 2013 ; Points, 2015 ; Le Livre de Poche, 2023
Point cardinal, Sabine Wespieser éditeur, 2017 ; Points, 2018
Manifesto, Sabine Wespieser éditeur, 2019 ; Points, 2020
La Leçon de ténèbres, Stock, 2020 ; Points, 2021
Revenir à toi, Grasset, 2021 ; Le Livre de Poche, 2022
Le Grand Feu, Grasset, 2023 ; Le Livre de Poche, 2025
Goya de père en fille, Verdier, 2025
Marcher dans tes pas, L'Iconoclaste, 2025

Léonor de Récondo

AU LIVRE DE POCHE

PAPIER CERTIFIÉ

Le Livre de Poche s'engage pour l'environnement en réduisant l'empreinte carbone de ses livres. Celle de cet exemplaire est de :
100 g éq. CO_2
Rendez-vous sur
www.livredepoche-durable.fr

Composition réalisée par MAURY-IMPRIMEUR

Achevé d'imprimer en France par
CPI BRODARD & TAUPIN (72200 La Flèche)
en novembre 2025
N° d'impression : 3063166
Dépôt légal 1re publication : mai 2023
Édition 03 - novembre 2025
LIBRAIRIE GÉNÉRALE FRANÇAISE
21, rue du Montparnasse – 75298 Paris Cedex 06
marketing@livredepoche.com

67/9902/6